U0163816

林文寶 編著
張晏瑞 主編

林文寶兒童文學著作集

第三輯　著作編

第三冊
兒童詩歌研究

林文寶兒童文學著作集　第三輯　著作編　第三冊

兒童詩歌研究

林文寶　著
張晏瑞　主編

《兒童詩歌研究》原版書影

兒童詩歌研究

著　者：林　文　寶
出版者：林　文　寶
台東市中華路一段六八四號
發行者：銓民國際股份有限公司
新竹縣竹東鎮學府路82號
電話：(035)824720
傳眞：(035)821452
經　銷：台東師院圖書文具部
台東市中華路一段六八四號
印刷者：六景彩印實業有限公司
台北市羅斯福路二段126號2F-2
電話：(02)3680563-5
中華民國八十四年二月初版

◎作者授權　翻印必究◎

《兒童詩歌研究》原版版權頁

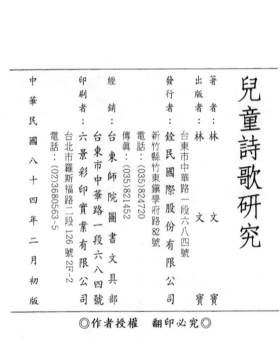

目次

新版序

本書原於七十七年八月交由復文圖書出版社印行，由於印行匆促，錯誤與失忽未免。其間雖曾再版兩次，亦未能及時校訂。今經同意收回，或能稍減愧歉之心。

在收回期間，除重新校訂外，並檢視歷年來有關兒童詩歌的論著。這些論著都已有十年之久，但似乎亦仍頗有參考的價值，於是將有關兒童詩歌論著重新編排，並將本書新版交由銓民國際股份有限公司出版。

以下略述本書新版編排的緣由：

爲求內容的統一，首先，將原書第二篇「試論兒童『詩教育』」一文剔除，擬日後與其他論著合集；其次，增加三篇短文做爲附錄，是以新版有附錄四篇。其間「預約一個孩子的有情天地」、「談詩歌教學」，是專題報告的記錄文稿，當時兒童詩歌教學頗爲流行，個人曾多次應邀作報告，如今留下這兩篇記錄文稿，最感謝的是當時作記錄的同學。其中「預約一個孩子的有情天地」一文，似乎未曾發表過，特收錄於本書做爲紀念。至於其他附錄文章都發表過，試列登載刊物期數如下：

民國三十八年以來台灣地區有關兒童詩歌論述書目　見七十七年五月台灣區省市師院七十六學年度「兒童文學學術研討會論文集」，頁二四五—二四七。

談詩歌教學　見七十二年五月台東師專「國教之聲」第十六卷第四期，頁一—五。

國小詩歌教學書目　見七十二年八月「海洋兒童文學」第二期，頁三十四—四十。

一九九四年八月於台東師院

自序

兒童詩歌，是詩的一種；也是兒童文學的一環。

臺灣地區兒童詩歌的發展，由播種、而萌芽，以至於有成；近十五年來，似乎已成爲兒童文學的主流。回顧其發展歷程，可說爭議頗多。前年林鍾隆先生在「臺灣兒童詩的形成與現況」（見75.4.「笠」詩刊132期，頁93-109）一文裡，指名批評了二十多首作品，終於又引起了爭議。姑不論其是非得失，個人認爲其「前言」有一段話頗爲中肯。他說：

> 臺灣的兒童詩，發展到現在，已形成了一種模式；而這種模式，已逐漸引起讀者，特別是識者的厭惡，非改弦易轍不可。要突破現狀，史的了解是很必要的基礎。因此，回顧臺灣兒童詩的發展軌跡，是一種必要的工作。（頁93）

其實，何止「史的了解是很必要的基礎」，或許文學知識的具備也是不可或缺的。個人亦曾於「國小詩歌教學書目並序」裡說：

檢視詩歌教學，雖然呈現一片蓬勃的氣象，但令人引以爲憂的地方也頗多。其間的癥結，或許是緣於對詩歌本身缺乏正確的認識，於古體詩僅流於背誦和吟唱，而對於兒童詩歌，仍有多數人懷著存疑與觀望。是以所謂詩歌教學僅是一片叫好的聲浪而已。

詩歌教學者，如果能對詩歌本身有所了解，如本質、特質、形式、格律與語言等，則教學自能有事半功倍之效。同時也必須對兒童發展的趨勢有深刻的了解（此部分於本文不論），否則教授到某一階段以後，會有不知所措與無力感出現。更重要的是我們要了解，詩歌教學當以語言本身爲主體。（見72.8.「海洋兒童文學」第二期，頁34-35）

於是，重溫有關論述兒童詩歌方面舊作，似乎亦有值得參考之處。因此從其中擇取兩篇交與復文書局刊行。

本書包括兩篇。第一篇「兒童詩歌研究」，原刊於七十年四月臺東師專學報第九期（頁265-397）。其立論重點在於史與文學知識的了解。第二篇「試論兒童詩教育」，本篇是七十二年八月十九日應佳冬「慈恩兒童文學研習營」而寫，原刊於「海洋兒童文學」第三（頁5-14）、第四（頁30-36）兩期，當時題目爲「談兒童的詩教育」，而後幾經增訂，且易名爲「試論兒童詩教育」，並分五期刊登於「國教之聲」（自73.12.第十八卷第二期至74.10.第十九卷第一期）其間並獲師專教師研究甲等獎助，且由省教育廳編印爲師專教師研究叢書第三種。本篇主要是以皮亞傑的認知發展和右腦特質的觀念來思考兒童詩教育的可能性與可行性。

兒童詩歌源於本身特質所致，易爲兒童喜愛；相信來日仍會有更寬敞的發展。而在發展過程中盼望大家一齊來關愛它，鼓勵它，研究它，更重要的是創作者和指導者要跟著它一起成長。

由於研究與教學之需要，平日頗注重論述文獻的收集，今將民國三十八年以來臺灣地區有關兒童詩歌論述成書著作附錄於書末，以供參考。又所謂論述並兼含作品賞析之詩集。

第一章

緒論

自擔任兒童文學課程以來，忽忽已有八年。其間舉辦過兒童讀物展、兒童詩畫展，也辦過詩歌吟唱會，其目的無非是想透過各種形態的活動，以達激發學生對兒童文學的喜好。而在授課的方式，更採取理論與實際的配合。在理論方面，務必使學生了解兒童文學之所以為兒童文學的理由所在。理論探討由本人講授，並提供有關兒童教育書籍之閱讀，時間是整個上學期（兒童文學課程兩學分，上下學期各一學分）。在實際方面，配合理論探討，要求學生大量閱讀各種兒童讀物，並做筆記。同時依學生人數，分成若干小組，每一小組選擇一種類型，或童話或小說，視其興趣而定，進行該類型資料的收集與整理，以作為下學期講授的準備。下學期上課則完全由各小組分別主持，方式是：

1. 講授與討論：如童話概論，由學生主講，並需準備講授大綱。而後針對講授內容，提出各種問題，並由主持的小組解答。同時規定每位同學創作一篇。
2. 作品分析與討論：由講授小組選擇範文一篇，並加以分析討論。
3. 創作之討論：由講授小組提供作品一篇，並由原作者講述寫作的動機與經過，而後由原作者主持討論會，並解答問題。

4. 講評：由本人主持。對本單元講授提出適度的建議與批評，並解答各種有關的疑問。

5. 整理：該小組依各種修正意見，把講授單元加以整理成報告。

講授過程所需要的資料，皆由講授小組自行刻印，而報告亦是如此。至於講授部份，則著重在特質與寫作原則兩方面。蓋各種類型必有其獨存的特質，而這種特質亦即是與他種類型分別之處。至於寫作原則乃是因特質而立，各種類型的寫作皆有其不同的原則。

在從事兒童文學教學過程中，學生對於「兒童詩歌」的講授，最爲困擾，連續多年仍未能整理出一份合適的報告，因此只好親自動手，費時兩個月（五月、六月）。初稿完成後，環視書房堆積的參考資料，眞有茫然失措之感。當然，本文得以完成，首當感謝同學，沒有他們的訴苦，我不會執筆獻醜，得此教學相長的收穫。其次，自當感謝內人吳淑美的謄錄與校訂。

在重新披閱有關書冊中，令人遺憾的是「兒童文學」一直未能取得合法的地位，其中最令人驚心的是梁實秋先生的論調。梁氏於「現代中國文學之浪漫的趨勢」一文裡，對「兒童文學」與「歌謠的採集」有嚴苛的批評，該文寫於民國十五年，如今時過境遷，不知今日的梁氏是否有修正。全文引錄如下：

新文學運動裡有所謂「兒童文學」者。安徒生的童話，王爾德的童話，都很受讀者的歡迎，而這些讀者大概十分之九分半是成年的人，並非是兒童。故我所謂兒童文學並非是爲兒童而作的文學，實是以兒童爲中心的文學。從這種文學裡我們可以體察出浪漫主義者對於兒童的態度。浪漫主義者就是兒童，至少在心理上是如此。他們所最尊貴的便是「赤子之心」。兒童是成年的兒子，但是華次渥斯要翻轉來說：「兒童是成年的父親。」何以浪漫主義者要這樣的尊重兒童？因爲兒童生活是不受理性的約束，可以任情縱情，自由活動。在浪漫主義者看來，「天才」與兒童是可以相提並論的。浪漫的天才即是兒童的天真爛縵，同爲不負責任的自然發生。浪漫主義者成年之後，與社會相接觸，親受種種的傳統的禮教的約束，固然極端的不滿，但是既然生了，也便無法可想，同時他心裡尚有一個不能完全泯滅的理性，這種理性要不時的低聲的敲著他的腦袋，告訴他說：「朋友！人生不只是愛，還有義務哩！」浪漫主義者最怕聽的就是「義務」二字。所以理性的忠告，浪漫主義者聽了完全不能入耳，聽得厭煩的時候就只有逃避之一途，—由現實生活逃避到幻想生活，由成年時代逃避到兒童時代，由文明社會逃避到原始社會。簡單說，浪漫主義者把文學當做生活的逋逃藪。兒童文學便是人生的世外桃源，便是逋逃藪裡面的一塊仙境。但是這個「仙境」是建築在情感上面，是一座空中樓閣，禁不起風吹雨打，日久便要坍倒無餘。

兒童是人在幼稚時的一個階段。在兒童時代的確有一種可愛的地方，但兒童是個不完全的人，所以他的可愛也是一種不完全的可愛。人若在正當教育之下長到成年，全身心各部都平均的相當的發展，那纔是自然的歷程，並非是天真的損失。人的一生，最值得讚美的時代，便是老年時代。西塞羅「論老年」是一切古典主義者對老年的態度。他說老年是人生思想最成熟的時代，亦是人生最幸福的時候。孔子說他自己年至七十纔能「從心所欲，不逾矩。」古典主義者所需要的文學是「從心所欲不逾矩」的文學，這種文學是守紀律的；浪漫主義者所需要的文學是「從心所欲」而「逾矩」的文學，這種文學是不負責任的。現今中國的兒童文學是屬於後者。兒童文學是根據於「逃避人生」的文學觀而來，但人生是不能逃避的，逃避的文學是欺騙的文學，以自己的情感欺騙自己。可是人生又不必一定要被現實的生活所拘束，理想主義是可能的，但真理想的境界是在理性生活裡面存生，不在情感的幻夢裡。古典的文學是憑理性的力量，經過現實的生活以達於理想；浪漫的文學是由情感的橫溢，撇開現實的生活，返於兒童的夢境。這個分別又是柏拉圖與盧梭的分別。與兒童文學同一論據之下而生的結果，便是「歌謠的採集」。現今中國從事於採集歌謠者不知凡幾，無論他們的動機是爲研究或是爲賞鑑，其心理是浪漫的。歌謠是最早的詩歌，在沒有文人的時候，就有了歌謠。其特色在「自然流露」。歌謠因有一種特殊的風格，所以在文學裡可以自成一體，若必謂歌謠勝於作詩，則是把文學完全當作自然流露的產物，否認藝術的價值了。我們若把文學當做藝術，歌謠在文學裡並不佔最高的位置。中國現今有人極熱心的收集歌謠，這是對中國歷來因襲的文學一個反抗，也是我前面所說「皈返自然」的精神的表現。在西洋近代浪漫主義運動，歌謠的採集佔很重要的地位。例如英國十八世紀中葉波西編纂的詩歌拾零，可算英國近代浪漫運動的前驅。在最重詞藻規律的時候，歌謠愈顯得樸素活潑，可與當時作家一個新鮮的刺激。所以歌謠的採集，其自身的文學價值甚小，其影響及於文藝思潮者則甚大。當波西正在刊行他的詩歌拾零的時候，他的朋友批評家珊斯通寫信勸告他說：「我乾脆的告訴你，假使你搜集過多毫無詩意的俗歌，那便足以破壞全部的計劃。所以我勸你留神不要忙，須知在收集的數量上少一點不能算是缺憾。」波西聽了他的忠告。可見歌謠採集若能得到偉大的效果，像波西所得到的那樣大的效果，必其歌謠本身有相當的文學價值。我們知道，有文學價值的歌謠是像沙裡黃金一般的難得。現今中國從事搜集歌謠的人似乎也正需要珊斯通那樣的勸告。波西在英國浪漫運動上留下何等大的影響，但是他選的歌謠，現今有幾個人讀？兒童文學的勃興，與歌謠的收集，都是我們現今中國文學趨於浪漫的憑據。我們可以贊成「皈依自然」，但我們是說以人性爲中心的自然，不是浪漫主義者所謂的自然。浪漫主義者所謂的自然，是與藝術立於相反的地位。我們也可以贊成獨創，但我們是說在理性指導之下去獨創，不是浪漫主義者所謂叛離人性中心的個性活動。（見六十七年九月時報版「梁實秋論文學」，頁20－23）

在兒童文學的各種類型中，以兒童詩歌最爲耀眼，因爲它更有讓兒童實際參與的餘地；同時也是最受誤解的。詩人洛夫於「詩的札記：現代詩二〇問」裡（詳見六十九年五月號「文藝」月刊，頁43－44）曾有一問「你對兒童詩的看法如何？你有沒有寫過兒童詩？」洛夫的回答可說極盡玄妙，他說：

答：近年來，臺灣詩壇有一批有心人正在從事兒童詩的探討與創造，對下一代的詩教育作奠基工作，其愛心與精神實令人肅然起敬。我個人從未嘗試寫過兒童詩，也不知兒童詩如何寫法，這正如我雖然曾經教過幾年書，卻從來沒有想到要辦一座托兒所一樣，這也許因爲我不再擁有一顆童心吧！依我的想法，「童心」可有正反兩面的解釋：正面是指那顆天眞無邪，未被人間煙火薰黑的赤誠之心；反面是指那尚未成熟的心智與情感，也就是幼稚。不論根據那種解釋，一個人除非生爲白痴，否則經過數十年的磨鍊與成長後，仍能保持一顆赤子之心，是絕不可能的。因此，由兒童自己寫的詩固然可稱爲兒童詩（不過我懷疑一個兒童能寫出詩來，除非他是天才，但世上的天才何其稀少！）由成人寫的兒童詩縱然詞句淺白，簡明易懂，仍只能算是成人詩。

我們知道，「唐詩三百首」本來就是爲蒙館的學童所編，故入選的作品大多明朗易懂，是兒童詩教育最好的教材。可是我相信，李白的「床前明月光，疑是地上霜。舉頭望明月，低頭思故鄉」，孟浩然的「春眠不覺曉，處處聞啼鳥。夜來風雨聲，花落知多少？」或崔顥的「君家住何處？妾住在橫塘。停舟暫借問，或恐是同鄉」等適合兒童誦讀的詩，當初作者決不是有意爲兒

> 童而寫的，詞句雖然淺白，但本身都是很好的詩。可是今天我們看到的兒童詩大多是歌謠，詩的成份很少。我認爲，推行兒童詩運動，與一個國家的整體文學運動並無重大關係，中外文學史上從來沒有討論兒童詩這一章，兒童詩也不可能豐富一個民族的文學，這畢竟只是成人對兒童獻出一份愛心、一份熱情的表示，因而沒有必要去爲寫作搬出一大套理論根據。（並見七十年七月東大版「孤寂中的迴響」，頁176-178）

這種本位主義的獨斷，確實令人寒心。有容乃大，知之爲知之，不知爲不知，何必妄斷是非。當然兒童詩歌本身仍有許多問題存在，尤其是理論與觀念的確立。談到兒童文學離不開教育問題，兒童詩歌亦是如此；而談教育又是最費神與不討好的。當然，兒童詩歌有它的教育意義，但是過份強調教育意義容易流於空泛與說教。兒童文學在本質上乃是在於「遊戲情趣」的追求；而在實效上則是在於才能的啓發。兒童文學不能有「遊戲情趣」的效果，則所謂的教育意義自是空談理論。爲了避免有賣瓜之嫌疑，對於兒童詩歌的教育意義問題（或者我們稱它爲兒童詩歌值得推廣的理由），我們試引一位自稱外行人的語言學者的意見做爲有關教育問題的補充。湯廷池先生於「一個外行人對小學國語教學的看法」一文裡，認爲兒童詩歌值得提倡，其理由是：

1.兒童詩不受題材、字數、時間、句法結構與詞彙的限制，讓兒童有自由發揮的機會。

2.兒童詩的創作最能訓練兒童的觀察力與想像力。

3.兒童詩能提供機會讓兒童欣賞自己以及別人的生活體驗與情感反應。

4.兒童詩能增廣兒童運用語詞的能力，更能幫助他們欣賞語文的聲調與節奏之美。

5.兒童詩的創作可以幫助散文的創作，使散文的創作更形完美。（見六十九年八月七日國語日報語文周刊1634期。並見七十年四月台灣學生書局「語言學與語文教學」，頁69）

以上所述乃屬寫作緣由，以下略述本論文概要。

有關兒童詩歌成書之論著，至目前可見者如下：

怎樣指導兒童寫詩　黃基博著　61年出版

兒童詩研究　林鍾隆著　66年出版
兒童詩論　徐守濤著　68年出版
兒童詩的理論與發展　許義宗著　68年出版
兒童詩教學研究　陳清枝著　69年出版
國小詩教育有效途徑研究實驗報告　林玉奎著　69年出版

本文在寫作的體例與內容上，皆與所列舉之書有所差異。尤其在內容方面盡可能做到略人所詳與詳人所略，爲避免篇幅過多，於行文中不引用詩歌。又本論文採他人之說多，創見者少，未敢掠美，故皆一一註明出處。

本論文共分七章，第一章緒論。第二章「中國詩學探源」。兒童詩歌並非橫空而來，乃是源自傳統的詩學，本章又分「中國語文的特質」、「詩的起源」、「中國詩歌的抒情傳統」、「中國的詩教」等部分，企圖透過以上各部分的說明，而能對傳統詩學有所了解，進而能有感觸與啓示。

第三章「新詩略說」。本章又分「新詩的形成與流變」、「新詩與傳統」、「新詩的分類」等三部分。其中流變則以高準的分法爲依歸，而分類則取自羅青。兒童詩歌遠承自傳統詩歌，近承新詩，因此對新詩亦當有了解。

第四章「兒童詩歌的意義」。本章又分「韻文與語文教育」、「兒童詩歌的發展」、「兒童詩歌的意義」等三部分。在本章裡我們並未對兒童詩歌下過定義，我們只是企圖從「歌、謠、詩」等有關的解說中對兒童詩歌有個較爲完整的認識。我們統稱一般所說的「兒歌、童謠、童詩」爲兒童詩歌。兒童詩歌的特質在於音樂性。兒童詩歌因對象不同而有所差異，其差異即是在於音樂性的多寡。音樂性多者即是一般人所謂的「兒歌、童謠」；反之，即是所謂童詩。其實，今日已無產生「兒歌、童謠」的背景，故以兒童詩歌統稱之。或許我們可以說，音樂性的效果是兒童詩歌最後審查時的依據。

第五章「兒童詩歌的特質」。本章分「詩歌的特質」與「兒童詩歌的特質」兩部分。能了解兒童詩歌的特質所在，方能對兒童詩歌有正確的認識。我們認爲無論詩形式如何改變，詩歌的特質仍是音樂性；因此，兒童詩歌的特質乃是音樂性。

第六章「兒童詩歌的寫作原則」。寫作應用之妙，存乎一心，實無方法細則可言，本章寫作原則乃是因特質而立說。

第七章「指導兒童創作兒童詩歌的原則」。本章分「指導經驗舉例」與「創作指導的檢討」兩部分，兒童詩歌之所以迷人，乃在於兒童本身的創作，因此對於創作指導之問題，加以檢討，並提出可行的建議。

第二章

中國詩學探源

第一節　中國語文的特質

本節先從中國語言文字的特質說起，進而說明它與文學之關係。

壹、中國的語言與文字

語言是人類約定俗成自成體系的一些口中發出的聲音符號，作爲彼此間傳遞思想情感用的；並且具有開放性、創造性的，不但隨時隨地可造新語彙，並且可以創造聞所未聞、見所未見的新句，而別人仍然可以聽懂。申言之，人類彼此溝通的工具，在語言之外固然還有別的方法可用（簡單的如面部表情與四肢五官的動作；複雜的如文字，不一而足。）；但是喜而眉開眼笑，怒而面紅耳赤，只能盡情感流露之效，點頭以示肯定，揮手使人離去，也只能傳達極少數單純的意念，它們離人類在社群中交接的需要還遠得很；無論社群是原始到什麼程度，它們通常只被用爲語言的輔佐。至於文字，有的雖然精緻得可以表達哲學，根本上卻都是由語言演化出來的。文字的功用，主要的是用以記錄語言；而語言跟著時代的進步，本身亦趨複雜化，語彙的增加也是天天在演進，文字也只能跟在後面亦步亦趨，所以無論一個社群是如何的文明，亦不能以文字取代語言。

中國語言，它的特點通常被認爲是：

> 單音節的，孤立的或分析的；在語音方面，則除了具有聲母韻母之外，還用不同的聲調來區別意義。（見四十四年十二月中華文化出版社周法高「中國語文研究」，頁1。）

所謂單音節性的，並不是說所有的（或多數的）詞都是單音節性的；事實上，現代中國語言中不少的詞都是複音節的，如「我們」、「椅子」等。所謂孤立性只指中國語言不用或極少用語法上的形態變化。聲調是指一個音節高低升降不同，間或也有長短的關係。古代中國語言的聲調，依韻書的劃分有平、上、去、入四種。

語言發展的趨勢：一方面要求簡單；一方面顧及清晰。二種因素往往不能兼顧，而生互相調劑節制之效。如中國語音趨向簡單，難免有混含不清的地方，便充分使用複合或助名詞來增加語言的清晰性。

至於中國文字，由與語言分離的圖畫文字，發展到與語言結合的象形文字，更由象形文字向前躍進一步，等到表意文字的出現，中國文字始稱完成。中國文字的構成，傳統的學者設定了六個原則，稱爲六書，即是：象形、指事、會意、形聲、轉注、假借。至唐蘭則理爲象形、象意、象聲三種。事實上我們可以肯定六書的轉注、假借是關於既存漢字的擴大使用，而無關乎新字的形成。又就字形的演變則有：殷商的金文、甲骨文、兩周的金石文、籀文、大篆、小篆、隸書、草書、行書、楷書等，中國文字就董作賓的看法，有八個特點：

一、中國文字是注音字而不是拼音字。
二、中國文字有統一的功能。
三、中國文字有聲調的別異。
四、中國文有下行的文例。
五、中國文字有書法的藝術。
六、中國文字的排列整齊。
七、中國文字有駢儷對偶之妙。
八、中國文字學習使用並非難事。
（詳見五十二年十月藝文版「平盧文存」下卌卷四「中國文字」，頁13－16）

貳、中國語文與文學

傅孟眞曾論語文與文學之關係如下：

> 文辭是藝術，文辭之學是一種藝術之學。一種藝術因其所憑之材料（或曰介物medium）而和別一種藝術不同。……文辭所憑當是語言所可表示的一切藝術性。我們現在界說文學之業（或曰文辭之業）爲語言的藝術，而文學即藝術的語言。以語言爲憑借，爲介物，而發揮一切的藝術作用，即是文學的發展。把語言純粹當作了工具的，即出於文學範圍。例如，一切自然科學未嘗不是語言，然而全是工具，遂不是文學；若當作工具時，依然還據有若干藝術性者，仍不失爲文學，例如說理之文，敘事之書，因其藝術之多寡定其與文學關係之深淺，這個假定的界說，似乎可以包括文學所應包括的，而不添上些不相干的。（見四十一年十二月台灣大學版「傅孟眞先生集」第二册中編甲「中國古代文學史講義」，頁14）

一種文學所受語言文字方面的影響是相當大的，由於中國語言文字之特殊，中國文學也就因之具有一些獨特之點，周法高先生認爲中國語文對中國文學有如下之影響：

（一）、由於中國文字非標音文字，而逐漸形成言、文的分離，在文學方面，也形成了古文學與和民間文學兩大主流。

（二）、由於中國語言的單音節性，並且有聲調的特性，在詩歌或韻文方面發展成：

甲、押韻，除了韻母相同或相近而外，有時還須要聲調相同；

乙、平仄（上去入）相間而調和；

丙、在音樂文學方面，注重聲調與樂調之配合；

丁、雙聲疊韻的發達；

戊、對偶。（見周法高「中國語文研究」一書中「中國語文與文學」，頁155）

余意以爲第二點「戊」之後應可再添入「諧聲」一項。以上之關係乃是就語音而論。若就語義而言，我們知道，中文正像英文，而且更甚，中文的一個詞並不總是具有明確、固定的一個意思，而是經常包含有不同的意味，其中有些可能是不容並立的。這在說明性的散文中也許是缺點，然而在詩中卻是優點，因爲它使思想感情能夠以最經濟的詞句表現出來，詩人能夠將幾個意思壓縮在一個詞句中，而使其具有多義、歧義、矛盾等功能。（參見六十六年六月幼獅版劉若愚「中國詩學」第二章，頁7－22）

又就語法而論：

一、中文是完全沒有語尾變化的語言，並且沒有「格」、「性別」、「語氣」、「時態」等等的負荷。但是另一方面，它卻容易導向曖昧不清。

二、散文語法所要求的連接詞、主語、動詞和助詞之類在詩句中可以省略，詩句有時甚至可以由連串名詞所構成。

三、詩的語法可倒置與改變。

四、詞類的流動性在散文中，單詞已享有高度的自由，在詩中這種自由更大。

（以上參見幼獅版劉若愚「中國詩學」，頁59－74）

綜上所述，我們可以肯定中文比英文更適於作爲詩之表現工具。

第二節　詩的起源

詩歌是文藝中產生最早的作品，在未有文字以前，就已經有口頭上唱的詩歌了，這是文學史家公認的事實。最初口頭上唱的詩歌，是沒有文字記載的，不見於任何古書。所以在最古的書籍中，尋出幾首詩歌，並不能算尋出了詩歌的起源。詩歌是怎樣產生的？這必須從心理學上去尋求解釋。

有人說詩歌是起於戀愛，爲博取異性的歡心，初民纔唱出了詩歌；有人說詩歌是起源於勞動，爲增進勞動的情趣，初民纔唱出了詩歌；有人說詩歌是起源於遊戲，爲獲得休閒的快樂，初民纔唱出了詩歌；有人說詩歌是起源於祭祀，爲敬畏鬼神的威靈，初民纔唱出了詩歌；還有說詩歌是起源於戰爭，爲鼓舞戰士的勇氣，初民纔唱出了詩歌。儘管大家的說法不同，但有一點則是一致的，就是「詩歌是表現情意的」。在戀愛時，在勞動時，在遊戲時，在祭祀時，在戰爭時，都是一樣，人們心中蘊蓄著情意，自然而然的要表現出來，就不自覺的表現爲詩歌。而陳世驤曾就古文「詩」字論其原始意義：

詩（）和以足擊地做韻律的節拍，此一運動極有關係，此尤其於古文字的象形。以足擊地做韻律的節拍，顯然是原始舞蹈的藝術，和音樂、歌唱同出一源。（見六十一年七月志文版「陳世驤文存」，頁227-228）

以足擊地做韻律的節拍成詩，當然是以聲音爲重；而依詩序的說法，詩乃言志，志爲心之所之，爲心之所嚮往。可見「詩」字所表意象是很明確且特著，考詩字不見於甲骨文或周初金文，詩字首先出現於詩經，詩經有三處明用詩字。

矢詩不多，維以遂歌（大雅卷阿十章）

吉甫作誦，其詩孔碩（大雅卷崧高八章）

寺人孟子，作爲此詩（小雅卷伯七章）

這三首詩的年代，大致可以推定，蓋不出西周末世，厲、宣、幽三朝，約計爲公元前第九世紀中期到第八世紀中期的百年間。但我們不是說「詩」字到此時才造出來的。考這三篇雖然主旨內容各自不大相同，但有一個共同之點，即都是作者自己到末篇加重說他這一篇章是「詩」，特爲明示或暗示著一種實覺的意識，標出詩之爲語言的特有品質。雖然照早已流行著的風尚，這些篇章照例是歌唱；但此時悟覺到了詩的要素在其語言，有和歌唱的音樂性分開來說的可能與必要。表示詩之爲語言藝術之意識漸漸醒覺，它雖仍是歌的形式而可入樂，但已覺有超乎音樂的本身而獨立。又就作詩之目的而言，詩經之作者往往於其作品中，表明其心：

1. 欲以詩吐露心中之煩悶哀愁者，如小雅何人斯：「作此好歌，以極反側」，小雅四月「君子作歌，維以告哀」之類是。

2. 欲以詩將作者之意志告於大眾者，如大雅桑柔「雖曰匪予，既作爾歌」；小雅巷伯「寺人孟子，作爲此詩，凡百君子，敬而聽之」之類，均預想以詩歌傳播，揭露某件事之眞相，藉以公告眾人也。

3. 以詩讚美人之德，並作贈言者，如大雅崧高「吉甫作誦，其詩孔碩，其風肆好，以贈申伯」即一例。

4、欲藉詩諷諫者，如小雅節南山「家父作誦，以究王訩，式訛爾心，以畜萬邦」即是。

5、以謳歌聖代爲目的者。大雅中有文王、大明、緜、思齊等，述周王室祖德之詩十數篇，其中有作者自發而爲謳歌聖代者，亦有出自政府命令行之者

。（見六十六年十月開明版青木正兒著「中國文學思想史」，頁22－23）

由1.2.兩類意義的演進，便是所謂「詩言志」；由3.4.5.類意義的演進，便是所謂「美刺」及染有功用主義的詩說。

我們知道詩言志大約是周代就已經有了，其證據有：

1.雅、頌作者雖然沒有明言「詩言志」，但已顯示「詩言志」的意義，讀詩者自然可以歸納出這一句考語。

2.左傳襄二十七年，文子告叔向已云：「詩以言志」，莊子天下篇亦謂：「詩以道志」。荀子儒效亦謂「詩言是其志也。」可見此說的產生很早了。

（見六十七年九月學海版羅根澤「中國文學批評史」，頁41）

申言之，所謂詩言志，其歷程有：

獻詩言志

賦詩言志

教詩言志
作詩言志

而詩經時「作詩言志」不與焉。錢穆曾論說其中原由如下：

中國文學開始，乃由一種實際社會應用之需要而來，乃必與當時之政治教化有關聯。此一傳統，影響及後來文學之繼起，因此中國文學觀念乃出現特遲。抑且文學正統，必以有關人群、有關政教、有關實際應用與事效者為主；因此凡屬如神話、小說、戲劇之類，在中國文學史上均屬後起，且均不被目為文學之正統。此乃研治中國文學史者所必需注意之大綱領、大節目，此乃不爭之事實。抑且不獨文學為然，即藝術與音樂亦莫不然，甚至如哲學思想乃亦復然，一切興起，皆與民生實用相關。此乃我中華民族歷史文化體系如此，固非文學一項獨然也。（見六十五年六月東大版「中國學術思想史論叢」(一)，頁150-151）

詩與民生實用結合，因此在先秦兩漢時代裡，並未純以文學面目出現，相反的是倫理、政治之面孔，屈萬里歸納先秦兩漢的說詩風尚如下：

一、先秦說詩的功用，主要的在於涵養品德（修身）、練達世務（從政）、豐美辭令（應對）。漢人認為詩的功用，也大致如此。但，先秦人說詩，只是採取詩中的幾句嘉言，以作上述的用途；而漢儒則把各詩的全篇，都說成在政治和教化上有大的意義。

二、先秦人說詩，除了斷章取義之外，固然也有引申詩意，或借詩為喻的習慣；但，他們所取的，也只是詩中的某些句子。漢人則充份地利用引申和借喻的方法，來說全篇的詩意。

三、由於上述先秦和漢儒說詩的情形不同，因而先秦人的詩說，並不影響各詩篇的本義；而漢儒之說，對於各詩篇原來的作意，大部份都曲解了。

（見六十七年五月臺灣學生書局羅聯添編「中國文學史論文選集」（一），頁94）

第三節　中國的傳統詩觀

中國詩學至詩大序出現，始立下詩言志的抒情傳統，詩序原文如下：

關雎，后妃之德也，風之始也，所以風天下而正夫婦也。故用之鄉人焉，用之邦國焉。風，風也，教也；風以動之，教以化之。詩者，志之所之也，在心為志，發言為詩。情動於中而形於言，言之不足故嗟嘆之；嗟嘆之不足故永歌之；永歌之不足，不知手之、舞之、足之、蹈之也。情發於聲，聲成文謂之音。治世之音安於樂，其政和；亂世之音怨以怒，其政乖；亡國之音哀以思，其民困。故正得失，動天地，感鬼神，莫近於詩。先王以是經夫婦，成孝敬，厚人倫，美教化，移風俗。故詩有六義焉，一曰風，二曰賦，三曰比，四曰興，五曰雅，六曰頌。上以風化下，下以風刺上，主文而譎諫，言之者無罪，聞之者足以戒，故曰風。至於王道衰，禮義廢，政教失，國異政，家殊俗，而變風、變雅作矣。國史明乎得失之跡，傷人倫之廢，哀刑政之苛，吟詠情性，以風其上，達於事變而懷其舊俗者也。故變風發乎情，止乎禮義。發乎情，民之性也；止乎禮義，先王之澤也。是以一國之事，繫一人之本，謂之風；言天下之事，形四方之風，謂之雅。雅者，正也，言王政所由廢興也。政有小、大，故有小雅焉，有大雅焉。頌者，美盛德之形容，以其成功告於神明者也。是謂四始，詩之至也。然則關雎，麟趾之化，王者之風，故繫之周公。南，言化自北而南也。鵲巢、騶虞之德，諸侯之風也，先王之所以教，故繫之召公。周南、召南，正始之道，王化之基。是以關雎樂得淑女，以配君子，憂在進賢，不淫其色；哀窈窕，思賢才，而無傷善之心焉。是關雎之義也。（見藝文版十三經注疏本冊二，頁12-19）

詩序過去認爲是卜商所作，但現在一般相信是公元第一世衛宏所作，「詩言志」及其於大序中之演變，好幾世紀以來被引用到令人厭煩的地步，而且根據批評家對「志」字之了解，導致了不同的一些理論。

朱自清於「詩言志辨」「教詩明志」裡解釋如下：

前半段（由詩者，志之所之也至聲成文謂之音）明明從堯典的話脫胎。大序託名子夏，而與毛傳一鼻孔出氣，當作於秦、漢之間。文中說「在心爲志，發言爲詩」，卻又說「情動於中而形於言」，又說「吟詠情性，以風其上」。正義云：「情謂哀樂之情」，「志」「與「情」原可以是同義詞；感於哀樂，「以風其上」就是「言志」。「在心」兩句從「詩言志」、「志以發言」、「志以定言」等語變出，還是「詩言志」之意；但特別看重「言」，將「詩」與「志」分開對立，口氣便不同了。此其一。既說「情動於中而形於言」，又說「情發於聲」，可見詩與樂分了家。此其二。「正得失」是獻詩陳志之義，「動天地，感鬼神」，似乎就是堯典的「神人以和」。但說先王以詩「美教化，移風俗」，卻與獻詩陳志不同；那是由下而上，這是由上而下。也與賦詩言志不同，賦詩是「爲賓榮」，見己德—賦詩人都是在上位的人。此其三。獻詩和賦詩都著重在聽歌的人，這裏卻多從作詩方面看。此其四。總而言之，這時代詩只重義而不重聲，才有如上的情形。（見六十六年四月河洛影印版「朱自清集」，頁1137、1138）

朱氏認爲這是當時詩只重義而不重聲，才會有以上現象。又「中國歷代文論選集」

冊上則認爲詩大序是先秦儒家詩論的總結，並加以提示如下：

首先，它在詩的性質問題上，提出詩歌的言志抒情的特徵，指出了詩歌與音樂、舞蹈三位一體的關係。

其次，詩大序指出了詩歌與時代政治的密切關係，說明不同時代有不同的作品，政治的良窳決定了作品美刺的內容。

其三，在詩歌的體制與表現手法方面，詩大序提出了「六義」的問題，這是本之於周禮。

其四，基於詩大序作者對詩歌與時代政治關係的理解，序中又具體論述了詩歌的政治作用和社會意義。（詳見六十九年三月木鐸版「中國歷代文論選」冊上，頁50、51）

而今人劉若愚就它的理論構架認爲詩大序是漢人作品中最完整的詩論，但它也表現出最顯著的不合理的推論，他說：

我們可以看出在前三句宣說了表現觀念之後，作者或有意地在緊接的一句言及聲之「文」時，介紹了美學理論之要素；接著，在以「治世之音……」開始的句中表達了決定觀念後，他在文中最後一段轉移到實用觀念：「故正得失……」雖然他坦直地（或可能是智巧地）用了「故」字，但是並無合乎邏輯之解釋，以表示個人情感之自然流露是如何以及何以能反映政況；或者，這樣的流露是如何以及何以達成道德、社會及政治上的目的。假使我們接受了整段文句的說法，那我們就得假定：除了因政況產生者外，人類並無情感，而且所有這樣產生的情感必定是道德的以及有助於改善政況的。我們也不得不提問：是否所有的情感之自然表達終將獲致可稱爲音樂的聲文？這些不合邏輯之處，並未在大序的其餘部份獲解決。我們記得本文作者陳述過：王道衰，「變風」及「變雅」興，他進而評論道：「國史明乎得失之跡，傷人倫之廢，哀刑政之苛，吟詠情性以風其上；達於事變而懷其舊俗者也。故變風發乎情，止乎禮義。發乎情，民之性也；止乎禮義，先王之澤也。」這種融合詩之表現觀與決定觀及實用觀之嘗試，並未成功。首先，在「國史，吟詠情性」與「發乎情，民之性」之間有著顯然的矛盾。即使我們接受了註疏家孔穎達的解釋，認爲作者並非指國史在詩中表他們自己的情性，而是指他們搜集了人們表達情感之詩歌，但我們仍懷疑，人們情感之表達是否一定「

止乎禮義」。（見六十六年二月成文版「中國人的文學觀念」，頁189－190）

持平的說，詩大序實在是傳統詩觀裏最重要的文獻之一。它雖然從道德教化的觀點把詩的功效推展到極致，卻並不抹殺詩的情感質素和必須的藝術技巧。尤其是完整的論及到詩的本身、讀者和作者三方面的問題，而擴及於整個的社會層面。並且注意到作品和時代社會變遷的關係，及作者在反映社會文化問題中所作的努力。倡導純文學的人當然會詬病它這種過份實用的立場，而它的說明也的確有點機械，不過它指出的文學與社會文化不能分離的關係，則是無可否認的事實。劉氏的構架是據亞伯拉罕（M.H.Abrams）在鏡與燈（The mirror and Lamp）一書所設計的四個要素而來，不過排列方式有所不同：

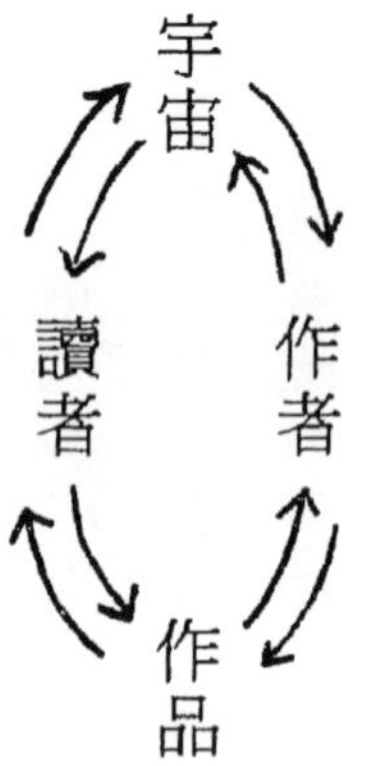

劉氏說明四要素間的相互關係，何以能視爲構成整個藝術過程的四個階段，所謂藝

術過程，並非僅指作者的創作過程和讀者的美感經驗，還包括作者創作之前醞釀以及讀者欣賞後的感受，其四個階段說明如下：

第一階段：宇宙影響作者，作者反應宇宙。

第二階段：作者因此項反應而創造作品。

第三階段：讀者讀了作品之後，立刻受到影響。

第四階段：讀者從作品中所獲得的感受而改變了對宇宙之反應。（詳見成文版「中國人的文學觀念」，頁15～16）

這四個階段是整個過程，且形成一個循環。劉氏依其構架把我國傳統文學批評分為六類：形上理論、決定理論、表現理論、技巧理論、美學理論和實用理論。劉氏另於「中國詩學」一書裏，批評「道學主義」、「個人主義」、「技巧主義」、「妙悟主義」等各派的優劣點，並加以綜述的說：

扼要重述之：以上概述的詩觀包括中國傳統批評各派的要素。只要詩是不同的經驗境界的探索，它包含自我表現和觀照，雖然並不限於這兩者。只要詩是語言的探索，它干與文學的技巧。如此，個人主義者，妙悟主義者和技巧主義者的觀點，加上修正之後，可以在我們的觀點中得到調和。至於道學的觀點，我們對詩的概念並不排斥詩的道德、政治或社會的動機和影響；它只是提議這些不能來做爲判斷一首詩是好或壞的批評標準。其餘的問題一個人應該怎麼寫詩。由於詩是語言的探索，每一個有志成爲詩人的人都應該試驗語言文字，而不應該滿足於奴隸性的模倣以及對作詩法則的機械應用。然而，他越是浸透在過去的詩中，越是研究前人的藝術，他越能獲得對語言文字之作用的洞察力而他成功的機會也越大。然而，是什麼使得一個人能夠對文字創出奇蹟而另一個人不能，這是生命的終極神秘之一，而非凡人所能越權探究的。（頁150）

而事實上中國詩學理論是採取折衷或融合的態度，其根源當是道學主義的實用觀與個人主義的自我表現觀，而後融合成所謂「詩言志」。往後詩學家雖各有所見，要皆不離「志」之引申與闡釋。申言之，詩人的言志，原是涵融了志向、懷抱和情感的混合物，每一個人都可有其各不相同的「志」，表現於詩中。隋唐以下詩人的言志或可分爲三種不同的內容：

一、儒家詩人的言志：志在匡時濟世，救國救民。
二、道家詩人的言志：志在參與造化，物我兩忘。
三、佛家詩人的言志：志在禪悟和出世。（見六十四年十二月臺灣商務版王志健「現代中國詩史」，頁12）

詩人各言其情志，其情志雖不同，而旨則同，沒有純粹表現社會民眾生活而忽略個人的詩人，也沒有純粹表現個人而忽略了社會民眾生活的詩人，總之，這就是中國傳統詩觀「詩言志」的本色。

第四節　中國詩歌的抒情傳統

詩言志，即是指詩的本質在於抒情。中國的抒情傳統，始於詩經，詩經是一種唱文，它的要髓整個說來便是音樂，因爲它瀰漫著個人弦音，含有人類日常的掛慮和切身的某種哀求，它和抒情詩的要義各方面都很吻合。以字的音樂做組織和內心自白做意旨，是抒情詩的兩大要素。中國抒情道統的發源，詩經和楚辭把兩大要素結合起來，時而以形式見長，時而以內容顯現。此後中國文學創作的主流便在這個大道統的拓展中定型；所以，發展下去，中國文學註定會有強勁的抒情成份。在這個文學裏面，抒情詩成了它的光榮；但也成了它的限制，亦即短於敘事與悲劇。劉若愚曾指出中國詩所以走上抒情傳統的理由有：

第一個理由，我想在於語言本身的特性。中文充滿單音節的詞和雙音節複合詞，這些由於具有固定的音律和頓音的節奏，本身不適合於長篇的詩作。況且，同音詞的豐富也不利於很長的詩，因爲作者很快就會用盡了可以用的韻。

其次，各個具體表現出整個人生觀的偉大史詩和悲劇之缺如，或許也由於中國人精神的流動性。在我看來，中國人的精神是實際的，而不是教條的；敏於知覺和理解，它將每一種經驗一發生即加以同化吸收，可是對於所有的經驗並不試想加以一種先入的模型。……

使中國人偏愛短詩的中國精神的另一特點是：它集中在一件事物或經驗的本質上，而不是在事物或經驗的細節上。中國詩人通常是專心致力於捕捉一個景，一個情調，一個世界的神髓，而不是描繪它的各種各樣的外表。

……

關於中國詩缺乏史詩，或者至少英雄史詩的另一附帶理由是，中國讀書人對於崇拜個人勇猛與肉體武力的貶斥。……

關於悲劇，它在中國詩中欠缺可能還有進一步的理由。在我看來，悲劇本質存在於認爲人在宇宙中的存在是自相矛盾的一種人生觀中：在一方面有人的尊嚴、力量和智慧；在另一方面有人的有限、脆弱和不免於死。……中國詩人不願意描寫衝突。中國的三個主要思潮都是反衝突的：儒家勸人一切守中庸；道家主張無爲和順服自然；佛家不是宣揚意識的全歸於無，就是以通俗的方式宣揚輪迴報應。……（詳見幼獅版「中國詩學」頁253-256

然而，儘管缺乏史詩與悲劇，但中國詩大體上並不比西洋詩在範圍上更窄或者在思想和感情上較不深刻。中國詩整體正像任何其他語文的詩一樣，表現出豐富的多采多姿的人生全景，中國詩也許在概念的宏大和感情的強烈上比不上西洋詩，但在知覺的敏銳，感情的細緻以及表現的微妙上時常凌駕西洋詩。做為人生的探索，中國詩能夠把人引到西洋讀者所不知道或者不熟悉的世界；做爲語言的探索，它以獨特的音樂迷人的展開語言表現上的巧妙與靈活性。因此我們可以說中國詩是中國文化的主要精華之一，也是中國精神的最高成就之一。）

第五節　中國的詩教

任何一個民族都有詩歌；任何一個民族的詩歌都自具有一種面目、一種情調、一種風俗。由於各民族的思想、情趣與歷史的不同，形成了各民族的詩歌在內容上的差別；又由於各民族的語言、文字和音樂的不同，形成了各民族的詩歌在形式上的差別；而各民族對詩歌的看法不同，更決定了各民族的詩歌獨自發展的途徑。我們想了解傳統的詩歌，勢必知道中國人對詩歌的看法。

前人對詩歌是怎樣的看法呢？從詩歌的本質來說，他們認爲「詩歌是表現情志的。」此說已詳見「中國的傳統詩觀」。我們可以說大多數人的看法：詩，主要的是「表現」內在的情志，而不在「再現」外來印象。這便是成了詩歌抒情傳統的主要原因。

從詩歌的功用來看，前人大都認爲：詩歌是可以啓發人的情志、溝通人的情志、和宣洩人的情志的，對君臣、朋友、兄弟、夫妻、父子各種人倫關係的和融，極有幫助；至於增進人的知識又在其次。詩歌的功用說主要與前節所述藝術過程之第四階段有關，並植基於以文學爲政治、社會、道德或教育爲目的之手段這一觀念上。因其受到儒家的認可，遂為中國傳統批評理論中最具影響者。詩歌的功用之表達，可見於詩經，後來成為儒家的經典。「論語」陽貨篇記孔子告訴弟子的話：

小子！何莫學夫詩？詩，可以興，可以觀，可以群，可以怨。邇之事父，遠之事君，多識於鳥獸草木之名。

便足以代表這種看法。所謂「可以興」，就是可以啓發人的情志。孔子談詩，最重視這個「興」字。孔子於泰伯篇裡說：

興於詩，立於禮，成於樂。

他教人「興於詩」。興可以解釋為「啓發」。由於詩歌的啓發，一個人對學問、對修養、對事功，皆可以有所悟入。他激賞的弟子，認為「可與言詩」的有兩人，一是子貢，一是子夏，皆是能夠「興於詩」的，「論語」學而篇：

子貢曰：「貧而無諂，富而無驕，何如？」子曰：「可也！未若貧而樂，富而好禮者也。」子貢曰：「詩云：如切如磋，如琢如磨，其斯之謂與？」子曰：「賜也！始可與言詩已矣！告諸往而知來者。」

「論語」八佾篇：

子夏問曰：「巧笑倩兮，美目盼兮，素以爲絢兮，何謂也？」子曰：「繪事後素」，曰：「禮後乎？」子曰：「起予者商也，始可與言詩已矣！」

所謂「告諸往而知來者」，所謂「起予者商也」的「起」就是「興」字的注腳，也就是我們所說的「啓發」，這種「啓發」的「發」，並非單純的道德經驗，也不是單純的美感經驗，而是美感經驗與道德經驗的混合，這種「興」的經驗中，主客的對立早已消失，自我與外物交融爲一體的境界，實在是兼具道德與美感兩種經驗，亦即是仁者與天地萬物爲一體的境界，也就是美的最高境界。詩歌「可以興」，興裡就涵著這種美感經驗與道德經驗的結合，程明道說：

詩可以興，某自再見茂叔後，吟風弄月以歸，有吾與點也之意。（見五十五

年三月台灣中華台一版「四部備要」本，「二程全書」冊一遺書第三，頁1）

這清晰地呈現出一個美的，同時也就是實存的道德境界。孔子重視這個「興」字，對後世的影響最大。中國人所以愛好詩歌，詩歌在中國所以能夠放出異彩，就因認為詩歌可以啓發人的情志，進而達到一種實存的道德境界。至於「可以觀」，就是說「可以觀察人的情志」；「可以群」，就是說「可以溝通人的情志」；「可以怨」，就是說「可以宣洩人的情志」。詩歌有「興、觀、群、怨」這些功用，也就是有啓發、觀察、溝通、宣洩人的情志的功用，所以可以「邇之事父，遠之事君」，使各種人倫的關係都達於和融。中國人是最重視人倫關係的，因為詩歌有和融人倫關係的功用，所以詩歌便被中國人所重視。有些朝代重視詩歌，政府還「以詩取士」，希望從詩歌的考試中選拔人才，唐朝就是如此。政府既然重視詩歌，提倡詩歌，民間的詩風自然更盛了。孔子說：「誦詩三百，授之以政，不達，使於四方，不能專對；雖多亦奚以為！」（見「論語」子路篇）。內政、外交，皆可發揮詩的功用，這或許就是中國歷史上「以詩取士」的理論根據。中國人認為內政、外交的目的，在求國內、外人與人關係的和融，而詩就能促進這種關係的和融，所以中國人要重視它。至於「多識於草木鳥獸之名」，藉詩歌來增進知識，那只是附帶的作用。中國人對詩歌的功用，有這樣的看法，詩歌在中國自然就普遍的發達起來。

再從詩歌的歸趨來看，前人大都認爲要：「思無邪」，「歸於正」。「論語」爲政篇：

子曰：詩三百，一言以蔽之曰：「思無邪」。

「思無邪」是魯頌駉篇裡的一句，孔子就拿這一句來說明詩歌的歸趨。「論語集解」引包咸的話：

包曰：歸於正。（藝文版十三經注疏本册八・頁16）

說孔子講這話的用意，在於「歸於正」。

申言之，詩歌表現的情志，如果只是一些「邪思」，而違背「正道」，則這種情志的啓發、溝通、觀察和宣洩對於人類是只有害而無益的，「孟子」公孫丑篇說：

詖辭知其所蔽，淫辭知其所陷，邪辭知其所離，遁辭知其所窮。生於其心，害於其政；發於其政，害於其事。

像這些「詖辭」、「淫辭」、「邪辭」、「遁辭」，都是生於「邪思」，害於「正道」的，在詩歌裡必須掃除淨盡，才不致於損害社會。如何的掃除？惟有時時刻刻記著這個「思無邪」、「歸於正」的教條，使表現的情志都能做到「溫柔敦厚」；溫柔敦厚的人，是絕不會寫出「詖辭」、「淫辭」、「邪辭」和「遁辭」的。所以「禮記」經解篇說：

孔子曰：「入其國，其教可知也。其爲人也溫柔敦厚，詩教也。疏通知遠，書教也。廣博易良，樂教也。絜靜精微，易教也。恭儉莊敬，禮教也。屬辭比事，春秋教也。故詩之失愚，書之失誣，樂之失奢，易之失賊，禮之失煩，春秋之失亂。其爲人也溫柔敦厚而不愚，則深於詩者也。疏通知遠而不誣，則深於書者也。廣博易良而不奢，則深於樂者也。絜靜精微而不賊，則深於易者也。恭儉莊敬而不煩，則深於禮者也。屬辭比事而不亂，則深於春秋

者也。（見藝文版十三經注疏本册五，頁845）

而溫柔敦厚如何解釋？「禮記正義」孔穎達疏：

溫謂顏色溫潤，柔謂情性和柔，詩依違諷諫，不指切事情，故云：溫柔敦厚是詩教也。（同上）

又釋「溫柔敦厚而不愚」句云：

此一經以詩化民，雖用敦厚，能以義節之；欲使民雖敦厚，不至於愚，則是在上深達於詩之義理，能以詩教民。故云「深於詩者也」（同上）

中國人知道，惟有接受這種「詩教」，沉浸在詩歌的氣氛中，才不致發生流弊。我們要了解傳統的詩歌，則必先了解傳統的詩教。

第三章 新詩略說

本章擬從多向角度來考查新詩，而其重點則在以作為兒童詩歌的借鏡。

第一節　新詩的形成與流變

民國初年，中國詩的改革，自應以胡適為始，胡適嘗試新詩，起於民國五年七月。而新詩第一次出現是在「新青年」四卷一號上，作者三人。胡適之外，有沈尹默、劉半農。詩九首，胡氏作四首，第一首便是他的「鴿子」。這時是民國七年正月。他的「嘗試集」出版於民國九年三月。這是我國第一本的新詩集。胡適從嘗試中建立一種新的文學，從遞變裡締造新的中國詩歌。

清末夏曾佑、譚嗣同諸人已經有「詩界革命」的志願。他們所作「新詩」，只不過撿些新名詞以自標新。另有黃遵憲，主張「我手寫我口」及「用新思想新材料入詩」。他們的革命雖然失敗，但對民國七年的新詩運動，在觀念上卻有很大的影響。

不過對新詩影響最大的，卻是來自外國；外國的影響是白話運動的導火線，其實美國印象主義者六戒條裡有不用典，不用陳腐的套語；新式標點和詩的分段分行，也是模倣外國。同時胡氏自己說「關不住了」一首是他新詩成立的紀元，而這首卻是譯詩。（以上參見六十八年十一月大漢版「中國新文藝大系」詩歌導言，頁1-8）

新詩的提倡始自民國六年七月，劉半農的「詩與小說精神上之革新」發表以後，啓其端倪。劉半農以「眞」爲詩的精神，拘守規律的舊詩自不爲眞的文學。民國八年十月，胡適發表「談新詩」，新詩兩字在民國初年用來稱呼相對舊詩的——以白話寫作而不押韻的詩，當自此始。

中國新詩的發展史，跟歷史上各種詩體的革易一樣，是漸進而和緩的，以下略述其發展概要：

壹、白話詩派

從胡適出版「嘗試集」以後，中國新詩正式進入草創階段，這時期嘗試寫新詩、鼓吹新詩的，其代表人物大致爲「新青年社」的胡適、劉半農、沈尹默；「新潮社」的俞平伯、康白情；「少年中國學會」的宗白華等人。這時期的特色：

其一爲形式的解放，從舊詩、舊曲的格律中奔縱而出，一下子尚未能完全適應，所以有「小腳放大」之譏。

其二爲白話的實驗，新詩的嘗試也是新文學運動的一環，白話、方言、俚語、民謠大量地應用於詩篇中，這一時期的詩也稱爲「白話詩」，其因即在此。

其三萌芽初期詩作，詩質貧乏，詩路不廣，詩人把重點放在詩的外在形式的改革，忽略了詩藝術的全面要求，並且只側重感情的抒發，敘事寫物之作付諸闕如，篇幅亦甚小。（詳見六十九年四月東大版蕭蕭「燈下燈」，頁24）

總之，嘗試時期的新詩，乃以建設優美的現代國語文爲其發軔之理想，而其成就亦即是能充分流利的運用現代國語表達詩思，白話詩運動的任務與生命遂告完成而結束。其時間從民國六年到十一年，其代表詩人，除前面所提到的人，另有冰心、汪靜之。

貳、格律詩派

格律詩的興起，主要是因爲大家對初起的新詩的厭倦和鄙棄。因爲它的形式是散漫的，它的內容「可讀性」是低的；因爲讀者素來欣賞慣了的是有格律有音韻的詩。第一個有意實驗種種體製、創新格律的是陸志韋。這時期的核心是在徐志摩主編的「晨報副刊」（詩鐫）上。晨報停刊後，徐志摩、聞一多等人又創「詩刊」，由新月書店出版，志摩爲新月派主將，此期又稱新月時期。其間從民國十五年至二十六年抗戰起止。

新月時期異於嘗試時期的地方有：

一、文字的駕馭更爲純熟，嘗試期半文言的彆扭文句不復出現，代之而起的是洋化的字詞。

二、特別重視辭藻、意象的美化，推敲，雕琢，大異於嘗試期的拙樸，單調之風味。

三、新月期格式整齊，模仿西洋詩各種體式，致有「方塊詩」、「豆腐乾詩」之譏。

四、注重節奏、押韻，詞與意的綿邈與幽雅，聲與韻的和諧與舒緩，成爲本期新詩的主要特色。

五、篇幅較前期爲長。
六、敘事詩開始有人創作。（詳見東大版蕭蕭「燈下燈」，頁31）

總之，格律派的貢獻是爲新詩開了一條新路，證明了語體並非只能參差不齊的不可馴服，而也可以弄成任何作者想安排的形式；同時，也使那種長於在規律中顯示才華的詩人得到其致力的園地。又格律的新詩也像所有以往的格律詩，達成一種節制與謹嚴的美。本期重要詩人有：徐志摩、聞一多、朱湘、劉夢葦、于賡虞等人。

參、象徵詩派

李金髮是中國新詩界的一股特異的新生力量，他活躍在詩壇的時間大約是民國十四到十八年之間，五年的時間出版了三本詩集：微雨（十四年）、食客與凶年（十六年）、爲幸福而歌（十八年）；而於民國廿三、廿四年最風行，他是第一位將法國象徵詩的表現手法介紹給中國的詩人，毀譽交加；不過，爲中國詩開了另一扇門窗，拓寬了新詩的視境，在新詩發展史上自有他重要的一頁。象徵派特點有：

一、是在抒寫表達朦朧之美。
二、一方面打破格律，而另一方面又注意自然音節，重視靈活的音樂性。
三、本質上有頹廢之傾向。（見六十三年十二月華岡版高準「中國新詩風格發展論」，頁*16*）

象徵派重要詩人除李金髮外，有戴望舒、王獨清、穆木天（前期作品）等人。象徵詩派可說是爲矯正格律派末流的板滯之弊而產生的；但其以朦朧爲象徵，即已誤解「象徵」之眞義；更由於其風格之本質，遂告勢所必至的流於頹廢虛無。

肆、戰鬥詩派

抗日戰爭起後，全中國的人心都捲入了戰爭，何其芳那樣的清新麗句與王獨清那種的頹傷的呻吟，都被戰火壓了下去；應時而興的是戰鬥詩派。戰鬥詩派以文藝爲現實的政治運動與宣揚政治上的主義而服役，雖然容易流爲吶喊與口號，但抗戰的確救了新詩，由於「文章下鄉，文章入伍」的號召，詩歌工作者體驗到本身的缺陷，因而注意到吸取民間優良的形式成分，注意到詩的朗誦問題、音樂性問題。詩不僅是平面的，只適於閱讀而已；進而已成為立體的，已合於朗誦。但卻不能說詩的形式已建立；只能說，詩的韻律仍在不斷地改進中，漸次成長。這階段的新詩，不再模倣舊詩的形式，一致認為新詩應該為抗日而作，最普遍的趨勢便是朗誦詩和寫實詩的出現。這時期的主要詩人有臧克家、艾青、田間、高蘭等人。穆木天在這時也轉而寫了一些戰鬥詩。政府遷臺後，在「戰鬥文藝」的口號下，仍有不少人繼承著這種作風，較好的是王祿松。

民國廿七年戴望舒由上海遠避香港，新詩之南遷於焉開始；局勢的混亂，世情的動盪，迫使詩人南飛以找尋溫暖的春天。南遷時期，實際上也是新詩的式微期，這時期，詩刊少，詩人的創造也少，其中以「辛笛」、「綠原」最為可貴。尤其是綠原的詩輕快而不虛浮，哀樂而不逾常，有稚子之心，天眞之情，在中國新詩之聲裡是一支牧童的短笛，不時洋溢著鄉野的氣息。從楊喚到目前流行的童話詩，或可說是受綠原寫作的影響。

伍、現代詩派

民國二十一年五月，由杜衡、施蟄存、戴望舒三人編輯的「現代」月刊在上海由現代書局發行而出版。這本文學雜誌的出版，引起文壇與讀者的重視；由戴望舒三人主編的這份詩刊的作者有李金髮、施蟄存、戴望舒、卞之琳、何其芳、艾青、路易士等人。「現代」二十四年七月停刊，主要原因是當時共產黨的左翼份子處心積慮和不擇手段的陰謀破壞。民國廿五年十月「新詩」雜誌創刊，是戴望舒、徐遲、路易士等人合辦的。結合南北詩人，推展詩運，「新詩」雜誌雖於二十六年六月中因炮火停刊，而以戴望舒爲主的現代派，透過「現代」、「新詩」兩種雜誌，影響中國詩壇不可謂不深不遠。

那時在「現代」、「新詩」發表詩作的，眞可說是多如過江之鯽。鍾鼎文於「我所知道的戴望舒及現代派」一文裡說：

> 三十年代初期和中期的中國新詩，多少是有區別的；而詩人戴望舒似乎正可爲這兩個時期的界石和里程碑。因爲，「現代」發行之前和「現代」發行之後，在他的詩作上似乎可以劃出一道界限，分爲前期和後期，而後期的戴望舒，似乎已經爲今天的「現代詩」寫下了伏筆，播下了種籽。（見六十九年三月純文學版「中國近代作家與作品」，頁146）

現代派是繼承歐洲象徵主義的衣缽。而戴氏「散文入詩」，由於他才華的卓越，情思的茂密，確立了新的典型，而爲中國的「現代詩」開闢新的蹊徑。其風行時間是民國二十一年到二十六年，當時到處有模仿的人。

戴望舒對於中國詩的貢獻，猶不在象徵詩的引介和創作上，更表現在他對詩運開展的熱心。當時正是新詩漸能爲人所接受而又未普遍接受之時，戴望舒將之引向更深一層的體認，再也不是浮泛的歌謠，免除「小腳放大」、「方塊詩」之譏；而且，「左翼文學聯盟」成立於民國十九年，普羅文學的叫囂聲喧天價響，戴望舒獨挽狂瀾於既倒，折衝陷陣，竭盡所能，中國新詩之得以保持一塊乾淨的領域，且將之傳諸未來，戴望舒和現代派的功勞不可沒。現代派的出現，是針對於泛政治主義戰鬥詩的水準卑下，與格律詩的長期流行而造成的因循以致令人疲倦。

遷台後，紀弦（即路易士）創辦「現代詩社」，現代詩社的出版物即稱爲「現代詩」，三十二開的小本，從民國四十二年二月一日開始創刊，開始爲月刊，後改爲季刊。第十三期的「現代詩」於民國四十五年二月一日出版，封面是朱紅色的，內頁三十四，仍然是單薄的小冊子；但意義重大而深遠，因爲就在這期裡面，所謂「現代派」宣布成立。現代派之成立至少有兩個歷史意義：

第一、加速中國新詩的「現代化」。

第二、強調知性，拒斥過量的抒情。（見六十八年十一月故鄉版「現代詩導讀」〈理論、史料篇〉張默「創世紀的發展路線及其檢討」，頁416）

封面裡刊佈消息公報第一號，加盟者有八十三人，社論則爲「戰鬥的第四年，新詩的再革命」，第二頁有紀弦的「現代派信條釋義」，所謂六大信條是：

一、我們是有揚棄並發揚光大地包容了自波特萊爾以降一切新興詩派之精神與要素的現代派之一群。正如新興繪畫之以塞尚爲鼻祖，世界新詩之出發點乃是法國的波特萊爾。象徵派導源於波氏。其後一切新興詩派無不直接間接蒙受象徵派的影響，這些新興詩派包括十九世紀的象徵派、二十世紀的後期象徵派、立體派、達達派、超現實派、新感覺派、美國的意象派，以及今日歐美各國的純粹詩運動。總稱爲「現代主義」。我們有所揚棄的是它那病的、世紀末的傾向；而其健康的、向上的部份則爲我們所企圖發揚光大的。

二、我們認爲新詩乃是橫的移植，而非縱的繼承。這是一個總的看法，一個基本的出發點，無論是理論的建立或創作的實踐。在中國或日本，新詩，總之是「移植之花」。我們的新詩，決非唐詩、宋詞之類的「國粹」。同樣，日本的新詩亦決非俳句、和歌之類的他們的「國粹」。在今天，照道理，中國和日本的新詩，以其成就而言，都應該是世界文學的一部份了。寄語那些國粹主義者們：既然科學方面我們已在急起直追，迎頭趕上，那麼文學和藝術方面，難道反而要它停止在閉關自守，自我陶醉的階段嗎？須知文學藝術無國界，也跟科學一樣。一旦我們的新詩作者獲得了國際的聲譽，則那些老頑固們恐怕也要讚我們一聲「爲國爭光」的吧？

三、詩的新大陸之探險，詩的處女地之開拓、新的內容之表現，新的形式之創造，新的工具之發現，新的手法之發明。我認爲新詩，必須名符其實；日新又新。詩而不新，便沒有資格稱之爲新詩。所以我們講究一個「新」字。但是我們決不標新立異，凡對我們欠了解的，萬勿盲目地誣陷我們！

四、知性之強調。這一點關係重大。現代主義之一大特色是：反浪漫主義的。重知性，而排斥情緒之告白。單是憑著熱情奔放有什麼用呢？讀第二篇就索然無味了。所以巴爾那斯派一抬頭，雨果的權威就失去作用啦。冷靜、客觀、深入、運用高度的理智，從事精微的表現。一首新詩必須是，一座堅實完美的建築物，一個新詩作者必須是一位出類拔萃的工程師。而這就是這一條的精義之所在。

五、追求詩的純粹性。國際純粹詩運動對於我們的這個詩壇，似乎還沒有激起過一點的漣漪。我們認爲這是很重要的：排斥一切「非詩的」雜貨，使之淨化，醇化，提煉復提煉，加工復加工，好比把一條大牛熬成一小瓶的牛肉汁一樣。天地雖小，密度極大。每一詩行乃至於每一個字，都必須是純粹「詩的」而非「散文的」。

六、愛國、反共。擁護自由與民主。用不著解釋了。（同上，頁387-388）

現代派「橫的移植」的主張，全盤西化反傳統，破壞了淵源有自的中國新詩本質與精神，影響所及，使新詩發展進入盲目與混亂。實言之，紀弦當時之倡議有失個人輕率之武斷。不久之後，多數詩人發現錯誤，有的宣告退出，有的不再受其影響；連紀弦本人也把「現代詩」從二十二期（四十七年十二月二十日出版）交黃荷生主編，並在二十三期裡寫下「不是感言」，把交出現代詩刊的經過作了一個報告。事實上以紀弦爲象徵的「現代詩社」和「現代派」到此已經束。從此以後紀弦開始改絃易張，提倡「自由詩」，久而久之，並宣稱要取消「現代詩」，現代詩刊至五十三年二月一日停刊，共出四十五期。

遷臺後現代詩派主要詩人有：紀弦、林亨泰、羅門、吳望堯、白萩、辛鬱、方莘。

陸、藍星詩社派

當紀弦倡導的現代派興起之際，一般的新詩作者們對於戰鬥詩之徒事叫囂，或歌功頌德、流爲「御用」之傳單，以及格律詩末流之因循板滯，不免濫調，可說都產生了共同的認識與不滿；然而現代派所主張的理論中之誤謬以及其偏激盲動的態度，也引起了有識之士的即時反對。最受到反對的是其「主知性而排斥抒情」的偏論。至於其力主「橫的移植而非縱的繼承」之謬見，當時反對的聲音尙很微弱。而其强調所謂「詩的純粹性」一點，則當時幾乎沒有人敢提出異議。所以一方面接受「詩的純粹性」之强調；一方面維護抒情之本質；再一方面借重「橫的移植」以求新的表現技巧，結合此數項特點，乃有藍星詩社的現代抒情派之風格的產生。此派詩人以覃子豪爲首，主要詩人有：鍾鼎文、余光中、夏菁、楊喚、阮囊、方思、胡品清、鄭愁予、黃用、周夢蝶、蓉子。

民國四十三年初，正值紀弦組現代詩社，口號很響，從者甚眾，於是覃子豪便擬另組詩社。三月，藍星詩社正式成立，發起人有覃子豪、鍾鼎文、鄧禹平、夏菁、余光中等五人。藍星詩社本質上是一個不講組織的詩社，沒有詩社大綱，亦沒有主義的宣揚，其結合是針對紀弦的一個反動。覃子豪於「新詩向何處去？」一文裏，曾針對現代主義提出六大原則做爲指導新詩向正確方向的指標，其六大原則爲：

第一、詩的再認識。……詩不是生活的逃避。他的意義在於能給人類一分滋養，一分光亮。

第二、創造態度應重新考慮。基於詩的再認識，創造的態度則應加於重新的考慮。……第一：要考慮作者與讀者之間存在的密切的關係。……第二：難懂是現代詩的特色，難懂是詩中具有深奧的特質，有些是屬於哲學的，甚至玄學的。……

第三、重現實質及表現的完美。要使詩具有引力，實質爲主要因素。實質是詩質純淨、豐盈，而具有眞實性，並有作者之主旨存在。實質是詩的生命，詩無生命，即使有了現代的裝飾，仍不過是櫥窗中著時裝的模型而已。……

第四、尋求詩的思想根源。只有藝術的價值，而無思想爲背景，藝術價值也會降低。論到詩的思想根源，就難免牽涉詩和主題的關係，現代有不少作者不重視詩的主題，他們以現代主義自居，卻未明瞭現代詩對於思想的重視。所謂理性和知性，除了對人生的探索理想的追求等等，還有什麼意義呢？……詩人本身如何去尋得這營養價值的來源，這是很值得注意的問題。新思想的產生是來自人生的理解和現實生活的體認中。

第五、從準確中求新的表現。……建立新的標準，詩才能走上完美的道路，而有純正的新的表現。

第六、風格是自我創造的完成。……自我創造包括些什麼呢？是民族的氣質、性格、精神等等在作品中無形表露。……（詳見六十八年八月天視版「當代中國文學大系」〈文學論爭集〉，頁166-172）

民國四十三年六月於「公論報」副刊創刊「藍星週刊」，週四出版，至四十七年八月停刊，計出二百一十一期。其間，民國四十六年一月於宜蘭青年開闢「藍星」分刊，四十六年七月停刊。計出七期。民國四十六年八月二十日於台中市編「藍星詩選」，四十六年十月二十五停刊，出兩期。又於民國四十七年十二月十日刊行「藍星詩頁」月刊，五十四年六月十日停刊，共出六十二期。

柒、創世紀詩社派

自現代派倡發以後，配合了盲目崇外心理之盛行，又適西方資本工業文明弊端百出下的頹廢、虛無、反理性、反道德之思想的橫決，台灣的詩壇遂頓然像有一種腐蝕土壤的細菌蔓衍著，很快的造成了一種河堤決口的現象。一道濁流洶洶的沖了出來，幾乎淹沒了所有詩的苗圃。

創世紀詩刊是張默、洛夫、瘂弦三人於民國四十三年十月在左營創辦的。當時與「現代詩刊」、「藍星週刊」鼎足而三。創刊號發刊詞提出三點說明：

一、確立新詩的民族陣線，掀起新詩的時代思潮。

二、建立鋼鐵般的詩陣營，切忌互相攻訐製造派系。

三、提攜青年詩人，徹底肅清赤色黃色灰色流毒。（見「現代詩導讀」（理

論・史料篇〉張默「創世紀的發展路線及其檢討，頁418）

這是從創刊號到第十期（至四十七年四月）創世紀的創作準則。民國四十五年三月「創世紀」第五期社論，又發表「建立新民族詩型之芻議」，指出「新民族詩型」的基本要素有二：

一、藝術的──非純理想性的闡發，亦非純情緒的直陳。而是意象之表現，我們主張形象第一，意境至上。

二、中國風的東方味的──運用中國文字之特異性，以表現東方民族生活特有情趣。（見同上）

這是「創世紀」詩社早期宗旨，而後漸漸改變，至民國四十八年四月十一期擴版後，即不再提倡「新民族詩型」；而提倡所謂的「世界性」、「超現實性」、「獨創性」、「純粹性」，於是發動所謂的「超現實主義」。按超現實主義的發生，乃基於物質文明在飛躍進展之下，與人類精神意識所產生的不協調，物質文明的高度發展並不能使人類的精神安定愉快，所生的苦悶表現文學藝術中，企圖以超現實的文學表現，予苦悶精神以安慰與彌補。表現的目標，近程是自遁於過往歷史的天地，或是構築未來的嚮往而得補償；遠程目標，是要追求文學的純粹性，擺脫一切傳統的束縛，作爲最自由的表現，建立起不合於舊觀念中任何的新價值。

超現實主義的詩歌，最終目的在要求寫作「純詩」，是一種眞正達到不落言詮，不著纖塵的空靈境界，而其精神又能與虛無境界合而爲一的。

創世紀自四十三年十月創刊，至五十八年一月停，共出版二十九期，前後橫跨十五個年頭。民國五十年以來先後編輯了：

六十年代詩選	五十年元月	大業書店
中國現代詩選	五十六年二月	創世紀詩社
七十年代詩選	五十六年九月	大業書店
中國現代詩論選	五十八年三月	大業書店
現代詩人書簡集	五十八年十二月	普天出版社
現代詩人札記抄	五十九年十二月	大業書店

可謂橫行十餘年，創世紀於六十一年九一日復刊，至今（六十九年六月）已出版了

五一期（三月出版）。

超現實詩派，一般說來，毀多於譽；但張默卻認爲，創世紀十五年來挺立於中國現代詩壇的最前線，除出版選集外，對中國現代文學完成了以下幾項任務：

一、中國現代詩雖曾在五四以後熱鬧過一陣子，但因戰亂頻臨，頗有中斷之虞，至少由於我們和其他詩社共同的努力已使它在臺灣繼續發展。

二、提倡並發揚中國新詩的「現代化」，進而帶動其他文學和藝術的現代化。

三、現代詩剛剛興起時，一般人（甚至大學裏的文學教授）都以它的晦澀難懂爲藉口，拒絕承認它的地位，可是經過數次論戰以及現代詩人在創作方面的努力，終於使它的讀者日衆，獲得普遍的首肯。

四、「創世紀」和別的詩社一樣，曾努力使中國現代詩超越國境進軍海外。五十三年秋，創世紀詩社同仁葉維廉在美國TRACE文學季刊54期上出刊「中國現代詩專號」，介紹了十七位現代詩人的作品。「創世紀」主編之一瘂弦，於五十五年秋應邀到美國愛荷華大學「作家工作室」研究兩年，該大學並爲瘂弦出版英文詩集「鹽」。「創世紀」編委葉珊於五十

> 六年應美國「生活」雜誌之邀，選譯中國現代詩佳作一輯，極受國際詩壇之重視。同時美國青年詩人Louise Louis等人，曾數度「創世紀」投稿，並由本刊加以選譯配合原文刊出。希臘詩人喬治、賽菲里斯(George Seferis)——一九六三年諾貝爾文學獎得主——的詩，也首次由「創世紀」介紹給國內讀者。「創世紀」廿八期（五十七年五月）曾出刊「中國現代詩英譯小輯」，譯介瘂弦，葉維廉、洛夫、鄭愁予、商禽、葉珊、管管、林綠、季紅等九家的詩凡卅二首，篇首並附作者簡介，出版後掀起極大的迴響。凡此種種均足以說明「創世紀」對於國際間詩的交流工作的重視與實踐。（見故鄉版「現代詩導讀」〈理論・史料篇〉張默「創世紀的發展路線及其檢討」，頁426-427）。

創世紀詩社主要詩人有瘂弦、張默、洛夫、葉維廉、碧果等人。

民國五十九年十月在台北「作家咖啡室」由洛夫發起組成「詩宗社」。該社是以「創世紀詩社」和「南北笛」詩刊作者爲基幹。並發行一種叢書形式雜誌內容的詩學季刊，共出四期。

「詩宗社」雖不倡導某一種特殊理論或組織特殊派系，但在本質上仍是屬於「

創世紀詩社」，他們主張在作品上力求獨創，在風格上力求特殊。

捌、現代民族抒情派

當現代派與超現實派先後肆其淫威，而藍星詩社派雖能較近正途，但仍不免有偏失；其間幸賴尚有少數詩人能夠先後清醒的體認到詩的眞旨，而得以不絕如縷地維持了詩的正確方向之一線生機。此即爲選擇的熔合民族傳統、抒情本質與現代技巧的現代民族抒情。其間如葡萄園詩刊（創刊於五十一年七月十五日）提倡詩的明朗化；笠詩刊（創刊於五十三年六月十五日）以新穎的鄉土精神提倡詩語法之精簡。然而在那學習西方的技巧，介紹西方十九世紀以來的藝術思潮的西化潮流中，這股反現代化的傳統的捍衛者居於劣勢，他們的主張在年輕的一代讀者群中產生的影響可以說是微乎其微。這種局勢，一直到龍族社詩的成立，方可謂得到了回響；其間再加上保衛釣魚臺運動（五十九年—六十年）、退出聯合國（六十年十月廿五日）、中日斷交（六十一年九月廿九日）及蔣公崩逝（六十四年四月五日）等事件的沖擊，使人們對所謂的那些友邦的依賴也失去信心，人們不再崇拜以美國文化爲內容的文化了；人們回過頭來認識自己，也就是所謂的「自我認同」。這種改變產生了一種强烈的要求，就是認識自己，建立起屬於自己的文化。於是這股源遠流長的潮流才得到普遍的認同，事實上他們是中國傳統詩歌精神的產兒。

綜觀現代民族抒情派的風格，一方面要求暢達的運用現代語言，講求現代技巧，而不排斥中國古典語法的適當運用；一方面維持詩之抒情本質，而要求對中國歷代文學傳統與文化精神中的優美成份有所繼承，並對外國文學中良好成份也作適當的吸收。再一方面則要求關懷國家民族、關心時代，而對提高與普及兩者也有較均衡的重視。現代民族抒情派前行詩人有鍾鼎文、楊喚、余光中等人，自新一代羅青、吳晟等人崛起詩壇，其內容與技巧有異前行代，但其以鄉土爲基礎則同，而本質上都是愛國、愛民族的，擁護自己優秀傳統的。

第二節　新詩與傳統

自民國元年到今，中國新詩的發展，是空前的革新時期，是從中國傳統詩的舊形式中走出來，創立形式；進而揚棄了舊的內容，追求新內容的表現；而成爲新詩的天下。

但新詩的發展過程，就傳統而言，是慘痛的。革新初期，以排山倒海之勢，將舊有的一切，打得片瓦不存；等風平浪靜之後，詩人雖然回頭來尋求傳統，可是傳統在那兒？艾略特於「傳統和個人的才能」一文裡說：

傳統並不是可以繼承的遺產；假如你想獲得，非下一番苦功不可。最重要的是傳統含有歷史的意識，那是任何一位二十五歲以後仍想繼續做詩人的人幾乎不可缺少的；這種歷史的意識包含一種認識，即過去不僅僅具有過去性，同時也具有現在性；歷史的意識使一個作家在提筆寫作的時候不僅僅在骨髓中深切地感覺到自己的時代，同時也感覺到自荷馬（Homer）以來的歐洲文學整體以及其中一部份的自國文學整體是一個同時的存在，而且構成一個同時並存的秩序。這種歷史的意識是對超越時間即永恆和時間合而為一的一種意識：這是一個作家所以具有傳統性的理由。（見五十八年三月田園出版社「艾略特文學評論選集」，頁4-5）

可是我們的新詩傳統何在？胡適曾說：

我提倡白話文學，並未侈言革命，因為中國文學本有一個白話文學的傳統，所以我的第一篇文章標題是「文學改良芻議」，陳獨秀先生的態度和我不一樣，他一開始就寫了一篇「文學革命論」。（據梁實秋「新詩與傳統」一文引，見時報版「梁實秋論文學」，頁681）

胡先生這段話很重要，他說明了他的基本態度「白話文學運動」並不是要完全背棄傳統。但民國八年（一九一九）五四運動是以北京大學為出發，「外爭主權，內除國賊」的青年愛國運動。就此愛國運動，而推論到中國積弱的遠因近因；因而掀起了要求「民主」、「科學」的運動，進而以文化運動為主要的路向，對過去中國，無論政治、社會、倫理道德等予以重新估價，並重整國權，再造文明。當時「文學革命」已有相當深厚的基礎，文化運動遂結合了文學革命，要創造新時代、新社會生活進步所需要的文學道德，而拋棄因襲的文學道德中不適合的部分。當時文學革命已得到相當普遍的響應。五四以後，白話文的書刊大量的產生出來，文學形式的革命，算是獲得成功了，文學革命後的新形式—白話文有了很大的發展。即文學革命以後的白話文，在使中國文學由陳腐的舊形式裡蛻化出來，走向現代化。亦即是形式的通俗化大眾化。以現代的新形式表現現代化的新內容—科學和民主，要求「民主」與「科學」的運動不外是建立現代化國家，但是因為擁護「民主」、「科學」，便要打倒孔教、禮法、貞節、舊倫理、舊道德、國粹和舊文學，無疑是犯了不「科學」、不「民主」的重大毛病了。因此，文學革命的成功，即是宣示了對中國文學傳統的鄙視，也說明了所謂在舊文學裡的傳統，是有其延續性的理則，而在新文學當中全盤予以否定。新文學與舊文學的對立，造成了中國文學發展上的嚴重間題。另起爐灶的新文學，確實有了新面貌，但已脫離了傳統的中國文學的形式與內容。此種差距，尤以新詩為甚，王志健於「現代中國詩史」裡曾說明文學革命對新詩最明顯的影響有三點（參見六十四年十二月台灣商務版頁37-43），試說明如下：

一、完全打破傳統的格律，採取了完全自由的形式。胡適認為新詩的出現是民國八年來一件大事，他在「談新詩」一文裡說：

我們若用歷史進化的眼光來看中國詩的變遷，方可看出三百篇到現在，詩的進化沒有一回不是跟著詩體的進化來的。三百篇中雖然也有幾篇組織很好的詩，如「氓之蚩蚩」、「七月流火」之類，又有幾篇很好的長短句，如「坎坎發檀兮」、「園有桃」之類，但是三百篇究竟還不曾完全脫去「風謠體」(Ballad)的簡單組織。直到南方的騷賦文學發生，方才有偉大的長篇韻文。這是一次解放，但是騷賦體用兮、些等字煞尾，停頓太多又太長，太不自然了。故漢以後的五、七言古詩刪除沒有意思的煞尾字，變成貫串篇章，便更自然了。若不經過這一變，決不能產生「焦仲卿妻」、「木蘭詩」一類的詩。這是二次解放。五、七言成為正宗詩體以後，最大的解放莫如從詩變為詞。五、七言詩是不合語言之自然的，因為我們說話決不能句句是五字或七字。詩變為詞，只是從整齊句法變為比較自然的參差句法。唐、五代的小詞雖然格調很嚴格，已比五七言詩自然得多了。如李後主的「剪不斷，理還亂，是離愁！別有一番滋味在心頭。」這已不是詩體所能做得到的了。試看晁補之的「驀山溪」：

……愁來不醉，不醉奈愁何？

汝南周，東陽沈，

勸我如何醉？

這種曲折的神氣，決不是五、七言詩能寫得出的。又如辛稼軒的「水龍吟」：

……落日樓頭，斷鴻聲裏，江南遊子，

把吳鉤看了，闌干拍遍，

無人會，登臨意。

這種語氣也決不是五、七言的詩體能做得出的。這是三次解放。宋以後，詞變爲曲，曲又經過許多變化，根本上看來，只逐漸刪除詞體裏所剩下的許多束縛自由的限制，又加上詞體所缺少的一些東西如襯字套數之類。但是詞曲無論如何解放，終究有一個根本的大拘束；詞、曲的發生是和音樂合併的，後來雖有不可歌的詞，不必歌的曲，但是始終不能脫離「調子」而獨立，始終不能完全打破詞、曲譜的限制。直到近來的新詩發生，不但打破五言、七言的詩體，並且推翻詞調、曲譜的種種束縛，不拘格律，不拘平仄，不拘長短；有什麼題目，做什麼詩；詩該怎麼做，就怎麼做。這是第四次的詩體大解放。這種解放，初看去似乎很激烈，其實只是「三百篇」以來的自然趨勢。自然趨勢逐漸實現，不用有意的鼓吹去促進他，那便是自然進化。自然趨勢有時被人類的習慣性守舊性所阻礙，到了該實現的時候卻不實現，必須用有意的鼓吹去促進他的實現，那便是革命了。一切文物制度的變化，都是如此的。（見七十五年二月遠流版「胡適作品集」冊三「文字改良芻議」，頁185－186）

其時新詩的出現，擺脫音樂、曲詞的羈絆，打破一切舊有格律，才確實算是空前的大革命。但舊傳統拋棄後，新詩當如何下筆，梁實秋在「胡適之先生論詩」一文中。特別把胡適在民國六年至九年間的見解加以裁輯引論說：

他所謂的八不主義，即（一）不用典，（二）不用陳套語，（三）不講對仗，（四）不避俗字俗語，（五）須講求文法，（六）不作無病呻吟，（七）不摹倣古人，（八）須言之有物，皆可施用在詩一方面。而且他根本不承認「詩之文字」的存在，他說：「詩之文字原不異文之文字，正如詩之文法原不異文之文法」（嘗試集自序）。這些見解引出了下述的論點：

一、詩律當廢，即不能廢，亦當視爲文學末技。

二、要充分採用白話的字，白話的文法，和白話的自然音節，非做長短不一的白話詩不可……有什麼話，說什麼話；話怎麼說，就怎麼說。

三、五、七言八句的律詩決不能容豐富的材料，二十八字的絕句決不能寫精密的觀察，長短一定的七言、五言決不能委婉達出高深的理想與複雜的情感。

四、文學的美，其成分有二，第一明白清楚，第二是明白清楚之至。故有逼人而來的影像。（見「梁實秋論文學」，頁673-674）

由上可見胡氏力主白話文淺顯通俗的路線，打破格律，崇尚自由的作風，但他仍主張新體詩要有「音節」，並說「做新詩的方法根本上就是做一切詩的方法；新詩除了詩體的解放一項之外，別無他種特別的做法。」（並見「談新詩」一文）。但這些說法，不是舊詩人所能心服的。又由於過分重視可懂與明白，因此造成了新詩在形式上的徬徨無主，梁實秋於「新詩與傳統」一文裏說：

如果我來批評胡先生的看法，我要指出他的最大缺失是他忽略了中國文字的特性。中國的單音字，有不便處，也有其優異處，特別適於詩。其平仄四聲之抑揚頓挫使得文字中具備了音樂性，其字辭之對仗又自有一種勻稱華麗之美。中國詩之傳統形式，是經過若干年長久實驗而成，千錘百煉，方成定型。白話入詩，未嘗不可，但亦不必完全白話。例如律詩，結構謹嚴，「貴屬對穩，貴遣事切，貴捶字老，貴結響高」，但善詩者亦不患其拘束，例如杜工部「聞官軍收河南河北」一詩「血脈動盪，首尾渾成」，直是一氣呵成，痛快淋漓，但胡先生對律詩非常厭惡，胡先生在六十八年那年在臺灣一次演講中國文學的演變，直斥律詩爲「下流」，可見他的主張始終沒有改變，他雖然尊重傳統，他只尊重合於他的口味的那一部分傳統。（見時報版「梁實秋論文學」頁681-682）

二、新詩大量接受世界各國的影響。自從五四運動文學革命後，新詩開始接受大量外來詩的影響，這種影響的激烈，是空前的。這種外來影響可分兩方面來說，一是取材與內容方面；一是形式與技巧方面。

就取材內容而言，新詩既重視自由寫作，則取材的任意與廣泛可知。將西洋詩歌中的古典主義、寫實主義、浪漫主義、唯美主義、頹廢主義、象徵主義，以至新的立體主義、未來主義等等輸入中國，使中國新詩的領域擴大，但新詩人雖從中吸取了靈感而從事寫作，或從而更作恣肆放縱的表現；這種精神的摸索與探險，常和自己的思想與用意，常和中國詩歌傳統的精神背道而馳。其次就形式和技巧方面而言，西洋各種富有格律的詩體，如史詩體、亞力山大體、十四行體等，也都被新詩人所模倣過了，最爲新詩人所欣賞的莫過於自由詩體，因爲句子長短不拘，章段多少不拘，韻律節奏亦不拘，任憑各人自由創造，成爲中國新詩體中特別發達的一種。亦由此而使新詩失去其創作的準則，再加上歐化語言的滲透，影響了新詩的可讀性。

三、新詩的內容受到西洋詩影響最大的，是中國傳統的人文主義精神之消失，而代之以西洋近代個人主義的精神。對於中國詩傳統的人文主義精神之內涵，個人主義雖非一無可取，但放縱的個人主義把自己和群衆對立起來。純粹放縱的個人主義在新詩中的發展，對現代苦難的中國來說，是極大的不利的，祇有強烈的個人主義意識，沒有較爲開闊的民族愛的意識和國家愛的意識，就容易在社會的變亂當中，誤入歧途，產生對大衆和社會不利的影響。

申言之，胡適對於新詩，雖有首創之功，卻未能樹立一個較好的典範，而他對於舊詩的偏激譏斥，至今還遺下使許多新詩人蔑視傳統的壞影響。生硬的種植而不予中國化，這是新詩人在介紹西洋詩歌時努力得不夠，琢磨得不足，如此昧於了解自己與了解別人，以致新詩革命初期即犯下不可避免的錯誤，而使新詩不能有更大的成就，不能成爲普遍地得到讀者敬愛的成功。

民國十七年，盧冀野編選「時代新聲」新詩一集，他曾論新詩的普遍缺點有六：

一、不講求音節。

二、無章法。

三、不選擇字句。

四、格式單調。

五、材料枯窘。

六、修辭粽雜。

又說它所謂「新聲」的標準是：

求其成誦，求其動人，有情感，有想像，有美的形式，蛻化詩之沉著處，詞之空靈處，曲之委婉處，以至歌謠鼓詞彈詞，有可取處，無不采其精華。（

以上並見王志健「現代中國詩史」，頁217）

這是以舊詩爲內容，新詩爲形式的說法。要言之，即是要新詩歸向傳統。但當時詩壇存在的問題是：

韻律問題
詩與歌問題
普遍化問題
語言問題
內容問題

其間各派詩人都能就上列問題加以探討與實驗，但皆缺乏開放的心胸，再加上個人主義的覺醒，於是有法國象徵派的傳入和移植，致使詩中充滿「幽暗」，這是新詩發展過程中的一股逆流。把詩人的憂時愛國情操淹熄於無形中。使新詩步入窮途，再加上「創造社」的推波助瀾，致使新詩失去普遍人性的「眞」，使新詩停留在前途黯淡的階段。民國廿六年，全面對日抗戰，抗戰挽救了新詩，這階段的新詩，不再模倣外國詩的形式，在內容上，捐棄了個人主義的色彩。一致採取寫實路線，給新詩帶來了新面目。

民國卅八年十二月七日國民黨政府遷台後，由於色情與假古董的氾濫，致使有戰鬥口號的大聲疾呼，但部份詩人開始探索另一條偏重於藝術的路，也許剛一起步就走錯了方向，沒有回到前行代的傳統，而直接向非屬於自己傳統的西方去學習。這種學自西方的新詩，即是所謂的現代詩。現代詩由於紀弦主編的「現代詩」（民國四十二年），覃子豪與余光中主編的「藍星週刊」（民國四十三年），以及由張默、洛夫、瘂弦主編的「創世紀詩刊」（民國四十三年）之相繼創刊而得以發軔。他們一則汲汲於西洋現代文學理論與作品的譯介；再則大膽地從事各種新風格新形式的實驗。張默在「『創世紀』的發展路線及其檢詩」一文把現代詩之發展，分為三個階段：

第一階段（萌芽時期）為卅九至四十五年。

第二階段（實驗時期）為四十六年至五十五年。

第三階段（創造時期）為五十六年迄今（六十一年二月）

他又說第一階段的詩作品，不論是政治抒情詩、生活的抒情詩，在詩的本質方面都呈現著下列的缺憾：

一、語言的貧乏與枯萎。
二、平鋪直敘缺欠起伏跌宕感。
三、缺乏一種渾圓的氣勢，所謂音樂性僅是字面上的，而非含蘊在一首詩內在的秩序中。
四、對於象徵的運用只有極少數詩人才能領略，大多數詩作者仍茫然不知。
五、欠缺形式的創造與張力的融鑄。
六、重覆別人，重覆自己，在彼此互相抄襲，互相影響的氛圍下。（見六十一年三月「現代文學」46期，頁114）

所謂現代派詩人乃揚言：

新詩乃是橫的移植，而非縱的繼承。（紀弦，「論移植之花」）
中國新詩的長成，卻以外來的影響為其主要的因素，和中國舊詩的傳統甚少

> 血緣。（覃子豪，「現代中國新詩的特質」）

> 中國現代詩不僅與古詩不發生連鎖關係，甚至與五四白話詩也是貌合神離，縱使在工具上兩者都使用語體文，但現代詩並不等於白話詩，我們最多視白話詩爲現代詩形式上的粗胚，而後者在素質上尤臻精鍊。（洛夫，「中國現代文學大系」詩序。）

> 唾棄抒情主義，強調知性。（紀弦，「從現代主義到新現代主義」）

這就是紀弦所謂的「新詩再革命」，所謂再革命即是革掉新詩裡那僅存的絲毫傳統。但因爲所學的東西不是自己讀者所習聞的，因而招致了相當激烈的反對。民國四十八年七月，蘇雪林教授在「自由青年」雜誌上發表了「新詩壇象徵派創始者李金髮」一文，通過對象徵派的分析而指出新詩的「病」，主要是說李金髮代表的象徵體朦朧晦澀，文白夾雜，把新詩弄得是「隨筆亂寫，拖沓雜亂，無法念得上口」，蘇雪林這篇文章立刻引起詩人覃子豪的反駁。十一月廿三日邱言曦於中央副刊發表了他的「新詩閒話」，這篇文章可以說是捅了新詩人的蜂窩，言曦指出並闡釋了詩的構成的條件，即：

造境
琢句
協律（見天視版「文學論爭集」，頁42。）

他以我國對詩的傳統觀念為準繩來衡量當時的新詩，但因為他對於現代詩的本質及其表現技巧缺乏深入而統一的認識，所以未能給現代詩致命一擊的力量。這次參加論戰的詩人與非詩人的人數眾多，爭執也很激烈。這次論爭的時期正值西化逐漸在自由中國整個文化領域內得勢的時候，所以反現代的傳統的捍衛者居於劣勢，他們的主張在年輕一代的讀者群中產生的影響可以是說微乎其微。代表現代主義的作家群則聲勢強大，他們喊著「新的內容，新的形式」。除外，詩人之間對於詩的現代主義也曾有過激烈的爭論，這一爭論的主將是紀弦和覃子豪，覃子豪站在詩人的立場批評了現代詩的內容虛空、崇尚技巧、脫離現實、沒有思想的病。這些病是現代主義帶來的，難怪紀弦仍「不改其狂妄、惡劣的語調」說他「蓄意攻擊現代派」。紀弦認為新詩「決非經由唐詩、宋詞、元曲等等之遞嬗而一貫地發展下來的」。新詩當然是反傳統的，但是反傳統的是什麼？是否眞個把我們民族的傳統都踢翻呢？覃子豪的態度比較溫和，他並不主張全然移植西方的詩的內容與技巧，而余光中在

「新詩與傳統」裡則說：

我們的結論：新詩是反傳統的，但不準備，而事實也未與傳統脫節，新詩應該大量吸收西洋的影響，但其結果仍是中國人寫的新詩。（見天視版「文學論爭集」，頁179）

又余光中在「從古典詩到現代詩」一文中，敘述他個人寫詩的經過，我們可以看到一個詩人的發展過程，他說：

在新大陸時，我大量地吸收西洋的現代藝術，並普遍接觸到西洋音樂，作品乃有「抽象」的趨勢。回國後，重歸祖國的現實，抽象化乃告緩和，繼之而來的是反映現實，表現幻滅，批評工業文明，且作今古對照的那種作品。「氣候」是這一時期的代表作，「天狼星」是一個總結。到了「天狼星」，我已經暢所欲言，且生完了現代詩的痲疹，總之我已經免疫了。我再也不怕達達和超現實的細菌了。洛夫先生的批評反而予我正面積極信心，我看透了以存在主義（他們所認識的存在主義）爲其「哲學基礎」，以超現實主義爲其表現手法的那種惡魔，那種面目模糊，語言含混，節奏破碎的「自我虐待狂」。這種否定一切的虛無太可怕了，也太危險了。我終於向它說再見了。事實上，我從來沒有和這種作風成爲朋友。「吐魯番」是我的「虛無邊緣」。可是「坐看雲起時」、「圓通寺」（中外文藝）、「六角亭」等，已經作蛻變的準備；「蓮池邊」、「蓮的聯想」、「狂詩人」、「啊！春天來了」等詩，無異是我宣告脫離狹義的現代主義的聲明。我自由了，我回到陽光中自由呼吸了。（見天視版「文學論爭集」，頁185、186）

余光中不是一個徹底的傳統反對者，他說：

對傳統進行再認識，再估價，再吸收的工作。（同上，頁185）

我認爲：反叛傳統不如利用傳統，窄狹的現代詩人但見傳統與現代之異，不見兩者之同；但見兩者之分，不見兩者之合。對於傳統，一位眞正的現代詩人應該知道如何入而復出，出而復入，以至自由出入。（同上，頁189）

以上對傳統的見解，可說持平。在這篇文章裡，他也相當猛烈地攻擊了「祗能處理人性的變態，不能處理人性的常態；祇見生活的醜惡面，不見生活的美好面；祇見人生的衝突與矛盾，不見人性的和諧」的惡魔派的現代詩所表現的虛無、蒼白、晦澀的傾向。

現代詩人並不因論戰而內省；以「創世紀詩刊」爲主的超現實派卻愈形囂張，橫行詩壇十餘年。

申言之，現代詩雖是標榜著反傳統，而實際上當時的詩人對於傳統也沒有多少認識，他們樂得很輕率地把西方輸入的技巧和翻譯的詞彙囫圇吞棗地玩弄一番，掩飾了內容的貧乏與空虛。即使要利用傳統的詩人，甚至包括余光中在內，也多半停留在討論形式、格律等，而缺乏傳統意識，覺得自己在思想上、感情上都歸屬於這個傳統。必然地，會有人感覺到討論這種同傳統疏離的問題之必要。果然，關傑明首先發難，發表了「中國現代詩的困境」（時報副刊61年2月28、29兩日），與「中國現代詩的幻境」（同年9月10、11兩日。）關傑明的批評之所以產生，主要導源於三冊書：葉維廉編譯的「中國現代詩選」、張默等主編的「中國現代詩論選」、洛夫等主編的「中國現代文學大系（詩部份）」（六十一年一月巨人版）。這三本書爲他帶來極大的因惑，雖然每冊書均冠以「中國」的名字，書的內容卻沒有充份表現出中國固有的民族性。相反的，三本書都具備了非常濃厚的「國際性」與「世界性」，他沉痛地指出：

中國作家們以忽視他傳統的文學來達到西方的標準，雖然避免了因襲傳統技法的危險，但所得到的，不過是生吞活剝地將由歐、美各地進口的新東西拼湊一番而已。（中國現代詩的困境）

又：

所謂的新詩，往往顯示出一種不是土生土長，卻是來自新大陸的任性；他們漫不經心地指責傳統文化對文字運用束縛太深，但又不能自己深刻的發展出一套控制語文結構及語文使用的理論。（中國現代詩的幻境）

關傑明的看法，準確地指出二十年來台灣現代詩的積弊，說明現代詩人過份西化以後所產生的惡果。他的批評披載之後，引起詩壇熱烈的反應，但震憾文壇的是唐文標連續發表的四篇文章：

僵斃的現代詩　六十二年八月「中外文學」二卷三期，頁18-20。

日之夕矣——「平原極目」序　六十二年九月「中外文學」二卷四期，頁86-98。

詩的沒落　六十二年八月「文季」一期，頁12-42。

甚麼時代甚麼地方甚麼人　六十二年七月「龍族」九期評論專號，頁217-228。

這四篇文章像一顆核彈般，落在已經爭爭吵吵的詩壇，它們的一個共同的觀點，就是特別强調詩的社會功能。顏元叔稱之爲「唐文標事件」（見六十二年十月「中外文學」二卷五期）。顏元叔以文學的觀點指出唐文標犯了以偏概全的誤差，詩的社會功利主義，祗是詩的功用其中的一種，唐文標處處以偏狹的功利觀點來衡量作品，只能看到文學的一隅罷了，文學是人生全面的表達，文學觀愈隘，離眞理則愈遠。顏元叔的論點非常紮實，針針觸到問題的核心，他並沒有完全否定唐文標的批評，他承認唐文標說對了眞理的一小片面。唐文標的文章衝擊力相當大，逼得詩人們不得不做一些反省，而逐漸地擺脫開病態的現代主義的束縛，另闢蹊徑，重返傳統——不是形式，而是一種自覺的認知，亦即是認識當前的現實環境。實言之，這種自覺的認知，究起主因當是由於國際局勢的變化使然。余光中於「現代詩怎麼變？」一文裏，就坦然指出現代詩已經到了應該變，必須變，不變就活不下去的關頭了，他並且很誠懇地向年輕一代提供他的看法，一共包括四個意見：

一、惡性西化和善性西化。所謂「惡性西化」，是指中國詩人向國際的現實主義投降，對西方現代詩派無條件的接受。回顧十多年的歷史，先是詩人相信「橫的移植」，結果「橫的移植」未成，「縱的切斷」倒先見了效，繼而詩人相信，洋花之中，橫植一種便可，結果輸入了存在主義其莖超現實主義其蕊的那種作品。國際現代主義之爲特效藥，藥性固然很強，副作用顯然更猛。受益的少，蒙害的多；當初倡導服用的人，終於也發現問題十分嚴重，於是提倡現代詩的人，要「取消」現代詩，而提倡超現實主義的人，也不得不修正自己的立場。「惡性西化」的危機，一直到近兩年才告緩和。……中年詩人漸趨成熟，或許能將「惡性西化」終於轉爲「善性西化」，使年輕一代在接受外來影響的時候，增加自信，較有選擇。我自己出身外文系，絕無阻止西化自斷出路的可能，但是由於半生俯仰其間，對於「惡性西化」的危機也加倍地警惕。西化只是現代化的手段之一（因爲還有別的手段），不是現代化的終極目標。六十年代老現代詩之所以混亂，原因之一，便是誤將手段當做了目標。

二、技巧和主題。一個詩人一旦迷上了所謂「純粹經驗」，勢必要全盤否定主題。經過六十年代「惡性西化」的惡補，不少詩人直到今天仍然羞言「主題」，好像一言主題，便成了宣傳。正如「民族」、「社會」、「現實」、「責任」一樣，「主題」一詞早已列爲現代詩的禁忌之一。不過我要在這裡強調：詩無主題，是一大邪說。主題容有露骨與含蓄之分，但不發生有無的問題。……我認爲主題和技巧之間有這樣的關係：主題壓倒技巧，觀念抽離經驗，便淪爲宣傳；反之，技巧淹沒了主題，經驗不具意義，便淪爲頹廢，技巧必須爲主題服務，才有意義可言，……爲技巧而技巧，爲形式而形式，雖然詩人也能感到一種高級的過癮，畢竟是一種「內行人的遊戲」，廣大的門外漢是無緣同樂的。僅僅把一句話說得很特別，恐怕還不能就算是藝術吧。……

三、小我和大我。六十年代的老現代詩最喜歡討論的問題，便是所謂「自我之發掘」。這句口號，玄之又玄，幾乎變成了現代詩人遁世自高的託辭。一時眾多詩人都轉過頭來，來探索自我的內在世界，而據說，這內在的世界遠比外在的世界更深邃、豐富、眞實，所以探索起來，應該是無窮無盡的。此說當然很有道理。問題在於，如果所謂自我僅僅是一個小我，而所謂內在的世界僅僅是小我經驗的一條死胡同，則探索的結果不會比日記、書信、或者夢囈更有意義。……

四、洋和土。六十年代的老現代詩，風格上很「洋」。七十年代的新現代詩，漸漸返璞歸眞，有轉向「土」的趨勢。詩人從洋雲洋霧一跌跤下來，跌到厚厚實實的中國泥土上，反而有點要生根的樣子了。何謂「洋」？「洋」就是「惡性西化」，顯得國際，很世故，很孤絕，很都市文明，很受機器壓迫。詩中的感覺，尤其是視覺，很有點翻譯的味道，十字架和帝國大廈的影子在字裡行間晃動。寫起論文來呢，一下子什麼克，一下子又什麼希，成了西方詩人的意見籍。相對於「洋腔洋調」，我寧取「土頭土腦」。此地所謂「土」，是指中國感，不是秀逸高雅的古典中國感，實實在在純純眞眞甚至帶點稚拙的民間中國感，回歸中國，有兩條大道。一條是蛻化中國的古典傳統，以雅爲能事；這條路我十年前已經試過，目前不想再走。另一條，是發掘中國的江湖傳統，也就是嘗試做一個典型的中國人，帶點方頭方腦土裡土氣的味道。這條路，年輕的詩人很多在走，林煥彰和羅青等等都走得很有意思。中年一代，白萩、管管、戴成義等好幾位也早已上了路。瘂弦早期的詩比較土，後期的詩就顯得洋了一些；後期的詩也許藝術價值比較高，可是中國感不如早期，我近年很喜歡民歌和搖滾樂，也無非是欣賞那一股土氣……。（見六十一年十月十五日「龍族詩刊第九號評論專號」，頁11－13）

而後所謂「現代主義」的藝術至上論者，只剩下一個詩刊做為最後的據點，當時報章雜誌所顯示的，都是一片呼籲「回歸民族、反應時代」的聲音，其中屬於新生代的有：

文學的新生代（李國偉，六十二年五月中外文學一卷十二期）

新的一代新的精神（陳芳明，見六十二年六月林白版「龍族詩選序」）

草根宣言（六十四年五月四日草根詩刊第一卷第一期）

一言以蔽之，這是回歸民族，回歸鄉土，亦即是縱的繼承，有了縱的繼承，作品才能生根，生根於民族的鄉土，而民族的鄉土是偉大文學所必備的。

第三節　新詩的分類

歷代詩歌的分類，多以形式或語言爲基準，少以精神、內容、技巧爲區別。因爲詩之精神，因人而異；詩之內容，包羅萬象；詩之技巧，代有新製，在在都是變化多端，不易規範。若依上述三者分類，則繁不勝煩，轉增迷亂，不如以形式、語言爲基準而分類來得方便。例如四言詩、五言詩、七言詩；五絕、五律、七律等。

新詩的形式變化多端，各有千秋，不易找到一個適當的名詞爲其通稱，本文依羅青分類如下：

一、分行詩

二、分段詩

三、圖象詩（詳見六十七年十二月爾雅版「從徐志摩到余光中」一書）

新詩的語言，變化雖然很多，但卻有其一貫性，即是以白話文爲基礎，再加上作者個人的加工處理。用白話文寫作，是新詩最大特色，這種白話是經過詩人藝術加工的口語。其外貌，可能還保持著口語的型態，而實際上，已經過詩人精心處理而產生一種新的秩序。有時因創作的需要，詩人也可以適度的歐化，及文言的字彙與句法爲調劑的新的綜合語言，使之達到特定的藝術效果。不過，無論如何變化，新詩在基本上，還是以散文與口語爲基礎。申言之，新詩的語言有兩種：一種是白話；一種是「非白話」。前者完全以口語表現詩人的胸懷，沒有生字，沒有新詞，沒有奇異的語法，在平淡中見深情密意。後者則在口語中加入鍊字鑄詞的過程，或歐化，或文言句法，亦即用略爲不同於一般語言的語意語法，設法引起讀者深一層的聯想，在變化之中見奇情妙意，見波譎雲詭。以下試就新詩形式分類分述如下：

壹、分行詩

詩而分行，這完全是受西洋文學的影響。分行詩由五四至今，發展出兩大支流，一是自由詩，二是格律詩。

甲、自由詩

此處擬引羅青的簡明定義如下：

內容方面：內容決定形式，決定行數、段數的多寡以及每行字數的多寡。詩人無須依據內容製訂一套自我重覆的規則，也無須以嚴格的規則來表達其外型上的對稱及節奏上的整齊，一切均以內容的需要爲歸依。如果內容須要，其中也可出現格律的句法。

形式方面：每行以一個完整的意思爲單元。如需要突出其中某字某詞時，可採用「單獨列行」法；反之，亦可將兩三個完整的意思單元合併爲一行。其節奏及頓挫的調整，全靠分行及標點，而以順乎自然口語爲原則，標點分行的多寡，可決定詩中節奏、頓挫的輕重緩急。（見六十七年十二月爾雅版「從徐志摩到余光中」，頁37-38）

乙、格律詩

羅青訂下的簡明定義是：

內容方面：內容決定形式。決定後的形式，如行數、段落等等，必須經過詩人在音樂美與建築美的雙重考慮下，重新調整行段字句之間的關係，並配合內容的需要，創造出一套自給自足並可以自我重覆的規則，以便將內容以格律的方式，表現出來。

形式方面：格律規則的訂定，應以內容之不同而做機動性的調整。其調整的方式應以分段分行爲依據，以便考慮及決定行數、段數、音尺、韻腳之原則及變化。而這些變化在一定的規則統御下，是有彈性的，是必須以內容爲依歸的。不顧內容而死守原則是削足適履的做法，應該避免。（同上，頁37）

近三十年來，自由詩的發展可說是已經獲得壓倒性的優勢，而格律詩的實驗與創作，卻始終乏人問津。這在新詩的發展上，決不是一個正常的現象。

貳、分段詩

自從民國七年元月，「新青年」四卷一號發表了胡適、沈尹默和劉半農三人的新詩九首之後，新詩的形式，一直是大家討論的焦點之一。其中，最爲人爭議的是，當然是「分行」的問題。

我們知道，古典的詩、詞、曲在印刷排列上，都是從頭排到尾，甚至連段也不分。而讀者從來不會遇到七言、五言或詩、詞難分的問題，這是因爲古典韻文，不但有嚴格的外在形式，而且還有明顯清楚的韻腳及格律。四言、五言、宋詞、元曲，一讀便知，不須要用分行排列的方式來提醒讀者或標明形式。因此，草創時期的新詩，有一部份仍繼承古典詩不分行的傳統，在印刷形式上，採取一口氣排到底的方式。

在新詩的草創期，分段詩是相當流行的，其原因除了上述「繼承古典詩不分行的傳統」之外，還有下面兩個重要理由：

第一：自從胡適喊出文學革命的口號之後，在詩歌之方面，極力主張運用白話，廢棄格律，而且還主張用新式的標點符號。因此，分段與標點觀念的普及，可能是「分段詩」流行的原因之一。

第二：新文學運動以後，國人開始大量的用白話翻譯西洋文學作品。其中有許多屬於所謂散文詩這種文體。散文詩的翻譯，當以劉半農爲最早。他譯過許多泰戈爾寫的「無韻詩」，事實上就十分接近當時所謂的散文詩。

對分段詩我們可得結論如下：

一、中國白話詩中早期的分段詩中，雖然也有嚴謹細密如「三弦」（沈尹默）那樣的作品，但大多數都像朱自清的「匆匆」一樣，結構鬆散，充滿了散文理路。有時候，甚至可以任意加減一段而不影響全篇，簡直連好散文都談不上。像這樣，在「神思」上是屬於散文，在形式上屬於「分段詩」的作品很多，這也是分段詩沒落的原因之一。民國四十年以後，詩人們漸漸探索到分段詩的本質，進而慢慢察覺到分段的特色是以突出「詩的神思」中所產生的象徵動作爲主。

二、要突出「神思」中所產生的象徵動作，則必須要使全詩的結構富於整體性，進而儘量減少詩中一字一句的突出性。換句話說，就是化「神思」中的動作爲一個深刻的「隱喻」，化整首詩爲一驚人的「句子」。在這種以整體爲重的主旨下，如果部分之中，句句爭先，字字奇警的話，可能會沖淡了整體最後所企圖達到的效果。

三、中國古典詩以文言文與韻文爲主要工具，因其有嚴格字數及格律的限制，所以常用「並置法」來表達詩的神思，致使語言中充滿了跳躍性的元素。例如「小橋流水人家」、「落日心猶壯」等詩句，詩人往往只是把幾個意象「並置」，對其中相互的關係，只是暗示，並不詳加解釋，故常有違反文法規則的情形，如「碧梧棲老鳳凰枝」。「分段詩」以散文口語爲主要工具，多分析性的元素，其所表達的神思，容或有不合常理或常識的地方，但行文造語，則絕對合乎文法。因此，我們可以說，分段詩的另一特色，是以散文的、合乎文法的分析性語句來表達非散文的，多跳躍性，多暗示性的詩的神思。

四、分段詩發展至今，已與西洋鬆散的「散文詩」有了顯著的差別。而散文詩這個中文譯名，在意義上又十分混淆不清，實在不宜再沿用下去了。（以上參見「從徐志摩到余光中」，頁38-53）

參、圖象詩

詩、畫同源是中國藝術家在唐朝以後所發展出來的一種獨特的藝術理論。而其理論的基礎與書、畫同源的概念有不可分割的關係，又從中外有關詩畫見解的文字，可知其重點都在以畫理觀詩或以詩法論畫，其精神與主旨則都在指出詩與畫在本質上有相通之處。因爲，寫詩注重精簡剪裁，畫畫則强調構圖取捨；繪圖時講求透視遠近之法，講求焦點與位置，詩句如「山從人面起，雲傍馬頭長」（李白「送友人入蜀」），正是透視遠近法的運用；詩重言外之意，講求言有盡而意無窮，畫重象外之旨，講求意到筆不到之功，此爲詩與畫之間的「內在關係」。至於「外在關係」，則重在雙方呈現於讀者眼中的「視覺效果」，那就是利用文字外在組成的形象，來表達繪畫及詩的雙重目的。

二、三十年代時期，美國詩人龐德發動「意象主義運動」，而後類似以排列取勝的詩也漸漸多了起來，歐美詩人的實驗，對我們新詩人也產生了一些影響。但有意識的從事形式圖象化是民國四十五年以後，其中以林亨泰、詹冰二人爲先驅，其後紀弦、白萩、王潤華、管管、葉維廉隨之，而其中以林、詹、葉、王等人最富原創性。

眞正富有原創性的圖象詩，其外型都十分突出，各有特色，無法在此一一舉例。但我們知道「圖象詩」的創作，是有相當大的局限性的，往往無法處理敘事題材及抽象思維過多或過於繁複的神思。如果每詩必圖象，那必定會得到牽強附會的惡果，不足以觀。圖象詩的創作範圍雖不如自由詩來得那麼無拘無束，不過，有些題材與構思還是適合用圖象的方式來表達的。不可因此種手法在運用之間容易讓人走火入魔而廢棄不顧。我們認爲，圖象詩在創作時仍應注意下面幾個原則：

一、內容與圖形應配合無間，相輔相成，相互發明。這也就是說圖形必須爲內容創作之中，成爲渾然的整體，不可分割，不然任何東西，只要作者願意，都可以勉强排成圖形，這樣內容圖形之間無必然關係的作品，是下乘的東西，不足以觀。

二、內容必須是詩，必須具備有詩的要素，而圖形安排也必須對詩的內容有啓發闡揚或暗示象徵的功能。

三、寫圖象詩必須有基本的繪畫修養。對構圖及造形了解深刻，是有助於創作

的。（以上參見「從徐志摩到余光中」，頁53-70）

新詩發展至今，其形式已如上述，個人認爲這三種類型，已包括了現階段所有的新詩發展型態。以這三種類型爲基礎，詩人可以用任何技巧或思想，如象徵主義、現代主義、超現實主義來處理任何題材，如戰鬥詩、民歌、鄉土詩、都市詩……等。當然，我們也可以把各種類型混合運用，例如目前較爲流行的是「自由詩與圖象詩」的融合。最後我們提供羅青研究單篇作品的標準和方法之重點如下：

一、詩人爲何要分行寫詩？不分行，分段可不可以？爲何一首詩分成二十行，而不是二十一行或十九行？行與行之間的關係是否「有機」？任意減一行或加一行，可不可以？可否任意把一行挪成兩行，或兩行挪成一行？

二、全詩是否押韻？詩中節奏的控制如何？兩者是否能與內容或主題配合？

三、詩中的主述者爲何？其語調態度如何？

四、全詩的主題何在？主題意象爲何？二者是否能夠相輔相成，貼切而自然？用以呈現主題及控制主題意象的技巧或形式、造句或遣辭是否恰當自然而有力？（同上，頁276-277）

第四章

兒童詩歌的意義

本章擬就我國歷代韻文教育，及與兒童詩歌有關的幾個問題：如歌與謠，詩與歌，加以解說，而後為兒童詩歌提出一種目前較為大家接受的分類。

第一節　韻文與語文教育

本節所謂韻文教育，實際上指的是啓蒙教材而言，主要包括歷代韻文教材的簡史與國小課程標準裡的韻文教材兩方面。

壹、歷代韻文教材的簡史

在近代西洋教育思潮中，承認兒童的特殊地位者，當首推十七世紀捷克教育家夸米紐斯（Johann amos comenius 1592-1670），他最主要的貢獻，就是把孩子看成一個獨立的個體。而英人洛克（John Locke 1632-1704）也認為教育必須配合孩子的天份和個人的興趣。其後盧梭（Tean Jacques Rousseau 1712-1778）在「愛彌兒」中首揭兒童教育的基本主張。在「愛彌兒」一書中才能找到以孩子特別的本性為出發點的教育原則。在很確切的目的下，不論求取知識方面，禮貌教育或品德教育方面，大家開始爲兒童寫作。盧梭掀起了兒童研究的狂潮，兒童也拜盧梭、洛克之賜，開始從傳統權威中掙脫出來。此後，「自然兒童」的呼聲響徹雲霄；而後裴斯塔洛齊（Johan Helnvlck Pestalozzi 1746-1827）更步其後塵，將「教育愛」用於兒童身上；而福祿貝爾（Friedrich Wilheim August Frobel 1782-1852）更身體力行，致力於學前教育；二十世紀以來，蒙特梭利(Dottoressa Marla Montessori 1870-1952）以醫學和生理學眼光來探究兒童心靈的奧秘，提倡「獨立教育」，並創辦「兒童之家」；而杜威（John Dewey 1859-1952）則是進步主義運動的推動者；又皮亞傑（Jean Piaget 1896-1980）更以認知心理學的層次來開墾兒童心智上的沃土。他們都將教育的重點建立在兒童上，是「兒童中心」學說的反映。

就我國教育史而論，孔子是最大的平民教育者，但其教育對象是爲成人，故其教育內容，要皆不離倫理與政治。而漢代以後，童蒙則以識字爲主。

考我國歷代啓蒙之書，最早見存於小學類，而後歸屬於儒家、類書等類，四庫全書總目提要卷四十經部四十小學類一：

古小學所教不過六書之類，故漢志以弟子職附孝經；而史籀等十家四十五篇

> ，列爲小學。隋志增以金石刻文，唐志增以書法書品，已非初旨。自朱子作小學以配大學，趙希弁讀書附志，遂以弟子職之類，併入小學；又以蒙求之類，相參並列，而小學益多歧矣。考訂源流，惟漢志根據經義，要爲近古。今以論幼儀者，別入儒家；以論筆法者，別入雜藝；以蒙求之屬隸故事，以便記誦者，別入類書。惟以爾雅以下編爲訓詁，說文以下編爲字書，廣韻以下編爲韻書，庶體例謹嚴，不失古義。其有兼舉兩家者，則以所重爲主（如李燾說文五音韻譜，實字書；袁子讓字學元元，實論等韻之類），悉條其得失，具於本篇。（見六十年七月台灣商務增訂初版合印「四庫全書總目提要」冊一，頁832）

四庫全書見存的啓蒙之書，事實上並不爲民間塾師所採用，而民間所採用的要皆作者不詳。案永樂大典目錄卷八十九「蒙」字有「童蒙須知」、「童蒙詩詞」、「蒙訓」等部分，而其內容已不存（案永樂大典五百四十一卷以前皆佚）。是以所謂「童蒙須知」「童蒙詩詞」「蒙訓」到底如何，未可得知。但國立中央圖書館善本書目（增訂本）有啓蒙之屬，試轉錄如下：

急就篇四卷二冊　漢史游撰　唐顏師古注　宋王應麟補注　元後至元三年慶元路儒學刊玉海附刻本。北平。

急就篇四卷二冊　漢史游撰　唐顏師古注　宋王應麟補注　元後至元三年慶元路儒學刊明代修補玉海附刻本。

急就篇四卷四冊　漢史游撰　唐顏師古注　宋王應麟補注　元後至元三年慶元路儒學刊明代修補玉海附刻本。

急就篇四卷四冊　漢史游撰　唐顏師古注　宋王應麟補注　元後至元三年慶元路儒學刊明代修補玉海附刻本。

急就篇四卷二冊　漢史游撰　唐顏師古注　宋王應麟補注　舊鈔本。

千字文一卷一冊　梁周興嗣撰　明刊黑口本　北平。

纂圖附音增廣古註千字文三卷一冊　梁周興嗣撰　李暹注　日本舊刊本。

續千字文一卷一冊　宋侍其良器撰　精鈔本。

重續千字文二卷一冊　宋葛剛正撰　影宋鈔本。

重續千字文二卷二冊　宋葛剛正撰　清咸豐七年海虞翁氏精鈔本　清翁同書手書題記。

三字經故實一卷一冊　宋王應麟撰　清王琪注　清道光間王氏手稿本。

新編對相四言一卷　不著編人　明刊黑口本　北平。
明本大字應用碎金二卷一冊　明不著撰人　明初刊本。
明本大字應用碎金二卷一冊　明不著撰人　明初刊本　北平。
碎金一卷一冊　明不著撰人　明刊大字本　北平。
楓林小四書五卷五冊　明朱升編注　明正統元年漢陽知府王靜刊本。
　歷代蒙求一卷
　名物蒙求一卷
　性理字訓一卷
　史學提要二卷
小四書五卷三冊　明朱升編注　明嘉靖元年司禮監重刊本。
同文千字文二卷四冊　明汪四如撰　明天啓丁卯（七年）武林朱從賢刊本。
千字文集成不分卷二冊　清陳敬璋編　鈔本。
英語集全六卷六冊　清唐廷樞撰　清同治元年羊城緯經堂刊本。（見五十六年十二月國立中央圖書館本，頁91-92）

以下略述我國歷代啓蒙教材的沿革：

甲：漢唐時代的教材

虞、夏、商三代的國民教材，考其內容，是以倫理爲主，其次爲音樂。至西周，文化較前發達，社會亦較前進步，對於國民教育亦更爲重視（考禮記曲禮篇中有幼儀之記載，但曲禮當是戰國與西漢宣帝之間的作品），但當時紙張與印刷尚未發明，文字是大篆，書寫異常困難，想都是由教師參照當時習用的教材來教導的，其中除書、數外，似乎用不到文字的教材，是以我們從漢朝說起。

漢代的國民教材以識字爲主，「漢書」藝文志小學類收十家，四十五篇，並說明如下：

易曰：「上古結繩以治，後世聖人易之以書契，百官以治，萬民以察，蓋取諸夬」。「夬，揚於王庭」，言其宣揚於王者朝廷，其用最大也。古者八歲入小學，故周官保氏掌養國子，教之六書，謂象形、象事、象意、象聲、轉注、假借，造字之本也。漢興，蕭何草律，亦著其法，曰：「太史試學童，能諷書九千字以上，乃得爲史。又以六體試之，課最者以爲尚書御史史書令史。吏民上書，字或不正，輒舉劾。」六體者，古文、奇字、篆書、隸書、繆篆、蟲書，皆所以通知古今文字，摹印章，書幡信也。古制，書必同文，不知則闕，問諸故老，至於衰世，是非無正，人用其私。故孔子曰：「吾猶及，史之闕文也，今亡矣夫！」蓋傷其漸不正。史籀篇者，周時史官教學童書也，與孔氏壁中古文異體。蒼頡七章者，秦丞相李斯所作也；爰歷六章者，車府令趙高所作也；博學七章者，太史令胡母敬所作也：文字多取史籀篇，而篆體復頗異，所謂秦篆者也。是時始造隸書矣，起於官獄多事，苟趨省易，施之於徒隸也。漢興，閭里書師合蒼頡、爰歷、博學三篇，斷六十字以爲一章，凡五十五章，幷爲蒼頡篇。武帝時司馬相如作凡將篇，無復字。元帝時黃門令史游作急就篇，成帝時將作大匠李長作元尚篇，皆蒼頡中正字也。凡將則頗有出矣。至元始中，徵天下通小學者以百數，各令記字於庭中。揚雄取其有用者以作訓纂篇，順續蒼頡，又易蒼頡中重復之字，凡八十九章。臣復續揚雄作十三章，凡一百二章，無復字，六藝群書所載略備矣，蒼頡多古字，俗師失其讀，宣帝時徵齊人能正讀者，張敞從受之，傳至外孫之子杜林，爲作訓故，並別焉。（見六十八年二月鼎文二版「漢書」冊二，頁1720-1721）

史籀十五篇，爲周時史官教學童書；至秦李斯作蒼頡篇；趙高作爰歷篇，胡母敬作博學篇，均爲「字書」。漢初，閭里之師合併蒼頡、爰歷、博學爲蒼頡篇。其後揚雄作訓纂篇，易蒼頡中重複文字，計八十九章，五千三百四十字。而後班固繼揚雄之後，作十三章，共七千一百八十字，字無重複。東漢和帝時，賈魴作滂熹篇。後人遂以蒼頡爲上卷，揚雄之訓纂爲中卷，賈魴之滂熹爲下卷，稱爲三蒼，或總稱之爲三蒼。以上所述之書皆屬漢代國民教育的認字教材，可惜該書久已失傳。英人斯坦因（A. Stein）於清道光三十四年（一八五四年），在敦煌洞窖裡發現漢代木簡多種，內有蒼頡篇四片，均爲每句四字之韻語。除外漢代尚有每句七字及每句三字之字書，亦諧韻易讀，創始於司馬相如的凡將篇。元帝時，黃門令史游仿凡將之體作急就篇。內容總述五句後，便及姓氏、衣著、農藝、飲食、器用、音樂、生理、兵器、飛禽、走獸、醫藥、人事、事業等日常應用的字，此類字書，在當時都曾用作教材。字書而外，漢代小學教材，據漢書所載，以論語、孝經爲最普遍。

南北朝之時，有梁朝周興嗣的「千字文」，周氏字思纂，陳郡項人（生平事蹟見梁書四十九卷，南史七十二卷）。千字文是一部字書，也是一部優良的兒童教材，自隋、唐直至明、清，凡一千三百餘年，皆採作兒童教材。其撰寫的經過是：傳說梁武帝要他從鍾繇、王羲之帖中，集出千言韻語，要字無重複，詞有藻彩。周自負才高，一夕而成。因爲沒有相同的字，且文詞典雅，上下工對，內容廣泛，所以是一部認字的好書。

隋、唐之際，啓蒙的教材，仍沿用漢代成例，以字書及孝經、論語爲主，不過在識字教材中增加「千字文」一書。並有唐人李瀚「蒙求」一書，四言韻語，專編古人事蹟，亦爲兒童教材之一，宋徐子光更就李氏原書爲注。又有「太公家教」一書，亦爲兒童啓蒙教材，此書目前有敦煌鈔本，不知爲何人所作。

乙：宋元時代的教材

在宋、元時代，對兒童教育可說極爲重視，且在中國教育史的整個領域中，佔有最重要的地位。其中尤以朱子最重要。朱子理想的學制是小學、大學兩級制。小學指的是兒童教育，即今日的幼稚園至小學的階段。他以爲小學的教育目標應著重於日常生活、倫常道德之學習。朱子認爲兒童教育祇宜於教以事之然，亦即教以現實的事務，使兒童能夠從而模仿。

朱子編有「小學篇」，書成於淳熙十四年（西元一一八七年），是年五十八歲，此書是他論兒童教育最精華的著作。是書凡內篇四：爲立教、明倫、敬身、稽古；外篇二：爲嘉言、善行。他在小學序上說：

> 古者，小學教人以灑掃、應對、進退之節，愛親、敬長、隆師、親友之道，

皆所以爲修身、齊家、治國、平天下之本。而必使其講而習之於幼稚之時，欲其習與知長，化與心成，而無扞格不勝之患也。今其全書雖不可見，而雜出於傳記者亦多，讀者往往直以古今異宜而莫之行，殊不知其無古今之異者，固未始不可行也。今頗蒐輯，以爲此書，受之童蒙，資其講習，庶幾有補於風化之萬一云爾。（見五十九年九月中華台二版「四部備要」本，「朱子大全」冊九、卷七十六，頁19）

案小學篇編纂類例，皆由朱子親自決奪。而采摭之功，則以劉子澄爲多。其先，除以童蒙習禮爲主之外，亦欲增入文章，如離騷、古樂府之類，後乃刪去。又補以歷史故事嘉言善行，使幼學者游心得寬，不違繩墨，而不使有規矩束縛之苦。考朱子以前，小學僅散見於傳、記，而未成書，自朱子編輯小學，兒童教育始有專門論著。是以朱子可說是我國第一位眞正的兒童教育理論家。

除小學篇外，朱子又訂曹大家女戒、溫公家範爲教女子之書。而弟子職亦爲啓蒙之書。文集卷三十三答呂伯恭：

弟子職、女戒二書，以溫公家儀系之，尤溪欲刻未及，而漕司取去，今已成書，納去各一本。初欲遍寄朋舊，今本已盡，所存只此矣，如可付書肆摹刻以廣其傳，亦深有補於世教。（中華四庫備要本，「朱子大全」冊四卷三十三，頁21）

又孝宗隆興元年（西元一一六三年），朱子年三十四歲，曾有論孟訓蒙口義，爲啓蒙之書，是書已不傳，其論語訓蒙口義序云：

予既序次論語要義，……因爲刪錄，以成此編。本之注疏以通其訓詁，參之釋文以正其音讀。然後會之於諸老先生之說，以發其精微。一句之義，繫之本句之下。一章之指，列之本章之左，又以平生所聞於師友而得於心思者，間附見一二條焉。本末精粗，大小詳略，無或敢偏廢也。然本其所以作，取便於童子之習而已，故名之曰「訓蒙口義」。蓋將藏之家塾，非敢爲他人發也。嗚呼！小子來前，予幼獲承父師之訓，從事於此，二十餘年，材資不敏，未能有得。今乃妄意採掇先儒，有所取捨，度德量力，夫豈所宜。取其易曉，本非述作，以是庶幾其可幸無罪焉耳。……嗚呼小子，其懋敬之哉。汲汲焉而毋欲速也，循循焉而毋敢惰也。毋牽於俗學而絕之，以爲迂且淡也。

毋惑於異端而躐之，以爲近且卑也。聖人之言，大中至正之極，而萬世之標準也，古之學者，其始即此以爲學，其卒非離此以爲道。窮理盡性，修身齊家，推而及人，內外一致。蓋取諸此而無所不備，亦終吾身而已矣。舍是而他求，夫豈無可觀者，然致遠恐泥。昔者吾幾陷焉，今裁自脫，故不願汝曹之爲之也。（見中華四部備要本「朱子大全」冊九卷七十五，頁7-8）

總之，朱子對兒童教育，無論是理論與教材，皆有無比的貢獻。朱子以後，即有人爲小學作注解，並有人擬小學篇體裁著書；而事實上屬於朱子系統的啓蒙教材，似乎僅流行於學者之間，不爲一般家塾所接受。程端禮「程氏家塾讀書分年日程」卷一：

八歲未入學之前，讀性理字訓（程逢原增廣者）。日讀字訓綱三五段，此乃朱子以孫芝老能言，作性理絕句百首，教之之意，以此代世俗蒙求千字文最佳。又以朱子童子須知貼壁，於飯後使之記說一段。（見五十四年十二月商務台一版「叢書集成簡編」本，頁1）

程端禮，字敬叔，爲南宋寧宗慶元時人（慶元元年爲西元一一九五年），傳朱子明體適用之指，卒年七十五。申言之，朱子爲兒童教育立下了理論，但在教材卻未能普遍爲人所採用，其主要理由，非但內容不適合，且形式亦非順口的韻文。案宋元國民教材，仍以三字經、百家姓、神童詩、千家詩、二十四孝爲主，且皆爲後代所採用。其中尤以三字經最爲著名。試分述如下：

1. 三字經　爲王應麟所撰（王氏生平事蹟詳見宋史卷四三八、儒林傳八）。王氏，慶元人，字伯厚，九歲通六經，學問廣博，爲南宋理宗淳祐進士（淳祐元年爲西元一二四一年）。三字經，每句三字，詞淺義深，音韻自然，讀起來順口且易記，故適合兒童學習。該書內容包含甚廣，首從人性談到教育的重要，並列舉證例說明。繼則舉述普遍常識，如方向、四季、三綱、五常、人倫、數字等等。繼則列舉四書、五經，分別舉其名稱要義。繼則敘述歷史，依朝代先後，擇要舉出史實，最後詳述學習方式，舉出古代名學童學習成就，以爲示範；兼以物爲喻，鼓勵兒童奮發向上。總之，這是一本綜合性的兒童教材，把語文、常識、公民、國學常識、歷史、學習精神等匯合編成；文字富有啓發性，詞義含有感情，是一部最佳的兒童教材。此書歷史部分，元、明、清三代，都經過增補；最後是民國初年章炳麟加以改訂。

2.百家姓　爲錢姓所撰。據王明清「玉照新志」卷五：「似是兩浙錢氏有國時小民所著。何則？其首云趙錢孫李，蓋趙氏奉正朔，趙氏乃本朝國姓，所以錢氏次之。孫乃忠懿之正妃。又其次則江南李氏。次句云周吳鄭王，皆武肅而下后妃，無可疑者。」（見六十七年一月新興影印本「筆記小說大觀」四編冊三，頁1465）百家姓以姓氏編爲韻語，其數有百，故名。語句組織，沒有文義，每句四字，協韻易讀。前部爲單姓，後部爲複姓。

3.神童詩　爲宋汪洙所作。汪洙，鄞縣人，字德溫，宋哲宗元符三年進士（西爲一〇一〇年），仕觀文殿大學士，謚文莊。九歲善詩賦，爲神童。有「汪神童詩」計數十首，後人以其詩增補成集，舊時流行於村塾，而實際上僅前二、三頁爲汪詩，其後則雜採他詩以補之。

4.千家詩　千家詩爲宋劉後村所編，劉氏採唐宋名家淺近作品千首，名爲千家詩，皆屬近體，爲兒童初學而設。其編排次序，首爲五絕，次爲五律，再次爲七絕，最後爲七律。此書爲元、明、清三代小學教材，不過後世社會流行的千家詩，大半從劉氏千家詩中選錄而成，詩僅數十首，而仍以千家詩爲名。

5.二十四孝　爲元朝郭居敬所撰，記古今二十四孝子孝行事蹟。二十四孝指虞舜、漢文帝、曾參、閔損、仲由、董永、江革、陸績、唐夫人、吳猛、王祥、郭巨、楊香、朱壽昌、庾黔婁、老萊子、蔡順、黃香、姜詩、王裒、丁蘭、孟宗、黃庭堅等。正文簡短，雖非韻文，亦頗流暢，而文末皆繫五言絕句一首。

宋元兩代，仍盛行科舉，故兒童教育的教材，除上列所述之書外，有孝經、四書及五經等。

丙：明清時代的教材

明、清兩代，兒童教育較前發達，而王陽明對於兒童教育的理論，發揮至爲詳盡，可說是朱子之後的巨擘，其中「訓蒙大意示教讀劉伯頌等」一文最能代表他的兒童教育理論。任時先在「中國教育思想史」一書裡，列有「宋元明的兒童教育」一節，並分析王陽明「訓蒙大意」，謂其兒童教育的方案如下：

甲、兒童教育的目的是：「蒙以養正」。

乙、兒童教育的原則是：「孝、弟、忠、信、禮、義、廉、恥。」

丙、兒童教育的教材是：「誘之歌詩，以發其志意；導之習禮，以肅其威儀；諷之讀書，以開其知覺。」

丁、教學法上的意義是：

第一、注意了解兒童的心理性情，使其自然發展，而達到「趨向鼓舞，中心喜悅」的境界。

第二、注意兒童的心性陶冶。

第三、注意兒童身體發育的健全，平時「以周旋揖讓而動其血脈，拜起屈伸而固束其筋骸。」

第四、注意兒童心志的潛化，日使之漸於禮義而不覺其苦難，自然而然養成健全的人格。（見五十三年十一月台一版台灣商務版，頁232）

總之，王陽明能理解兒童心理，所以對於兒童教育的理論得之亦深，可說是「自兒童出發」的教育理論。他認爲對兒童的教育，在於順自然，因勢利導，反對拘束。而更重要的是他教兒童唱詩，他認爲唱詩，可以「洩其跳號呼嘯於詠歌，宣其幽抑結滯於音節」。他在贛南爲各縣社學規定教約，關於兒童的唱詩，有種種的設計。他認爲兒童期是人生的春天，在王陽明的心目中該是充滿了陽光、歡躍和歌唱。王陽明非常重視詩歌的教化作用，音樂和優美的詩可以使兒童幼小的心靈充滿了對宇宙、對人生的希望和美感，這也是順乎兒童的本性和自然生長的法則。

明朝呂近溪作過「小兒語」，他的兒子呂新吾作過「續小兒語」，都是專爲兒童編的格言詩，大概是受了王陽明的影響。但由於形式簡短（五、七言絕句），而意思卻深遠隱晦，雖然文句淺顯，並不爲兒童所接受。至於清朝陳宏謀輯「五種遺規」，第一種即「養正遺規」，收有王陽明的訓蒙教約，並在訓蒙教約以後，附錄古人名詩數十首，係轉錄汪薇所編「詩倫」中的部份作品。「養正遺規」爲我國兒童教育重要文獻，試轉錄其收錄文獻如下：

卷上

朱子白鹿洞書院揭示
朱子滄洲精舍諭學者
朱子童蒙須知
朱子論定程董學則
陳北溪小學詩禮
眞西山教子齋規
方正學幼儀雜箴
高提學洞學十戒

卷下

顏氏家訓勉學篇

朱子讀書法

朱子治家格言

呂近溪小兒語

呂新吾續小兒語

陸桴亭論小學　論讀書（見五十五年三月台灣中華台一版中華「四部備要」本「五種遺規」冊一「養正遺規」目錄）

補編

諸儒論小學

程畏齋讀書分年日程

陳定宇示子帖

王文成公訓蒙教約

屠副使童子禮

呂新吾社學要略

張楊園學規

陸清獻公示子弟帖

張清恪公讀養正類編要言

唐翼修父師善誘法（同上，「養正遺規補編」目錄）

陳宏謀，清乾隆時人（平生事蹟詳見清史卷三百八，國防研究院冊六，頁4165－4167），字汝咨，廣西臨桂人。頗注意兒童教育，曾利用公餘編輯「五種遺規」，其中「養正遺規」取「蒙以養正」之義，因此他所收集的資料，皆屬典雅義正之類，但都沒有實際成爲兒童啓蒙之書。就明清兩代，兒童啓蒙教材，除宋元所用教材外，有朱子治家格言、幼學故事瓊林、昔時賢文，唐詩三百首，並有專爲女子編的教材女兒經，茲分述如下：

1. 朱子治家格言　明朱柏盧所撰，通稱朱子家訓，通常用作寫字教材，或書裱懸掛中堂欣賞。其形式雖不是韻文，但因其內容完全是修身處世待人接物之要道，深合農業生活之需要，對兒童日常生活，頗有啓發作用。

2. 幼學故事瓊林　此書爲清代兒童教材，程允升原著，鄒聖脈增訂，蔡郕續增。原書分四卷。實際上是一部綜合性的常識教材；不過各類常識的範圍，搜羅至廣，遠及歷史由來，名人典故，兼至修身立業，待人接物的道理，皆以駢體文寫出，文章典雅，詞藻端麗，是一部好的教材，對兒童而言，不但增廣知識，並能欣賞文詞，有助於寫作。

3. 昔時賢文　此書爲清代兒童教材，不知爲何人所撰。書中將社會通俗之成語加以彙輯，文字極通俗，可以視作兒童說話教材。書中所表現思想意識，保守意味甚濃，但也有許多格言或教條，尚有教育意味。

4. 女兒經　是一冊專爲女孩子編的教材，編者不詳。該書前半部每句三字，後半部每句五字，皆有協韻，文字通俗，極易上口成誦。書中所述，多半是三從四德，以訓練賢妻良母爲目的，並將歷代賢母淑女的事蹟撮要介紹。

5. 唐詩三百首　編選者署名蘅塘退士。眞名是孫洙，字臨西，江蘇無錫人。生清康熙年間。乾隆二十八年（一七六三年）春，他與妻子徐蘭英互相商榷，編成「唐詩三百首」。雖然他一生官職不顯，但「唐詩三百首」卻頗負盛名，風行海內外，他因不滿千家詩的「隨手掇拾，工拙莫辨」，又只收律絕兩種，唐宋人的詩混雜一起，因此引起他編選該書的動機。書成時，取名於諺語所云，稱爲「唐詩三百首」。他在「唐詩三百首題辭」中說：

> 世俗兒童就學，即授千家詩。取其易於成誦，故流傳不廢。但其詩隨手掇拾，工拙莫辨；且止七言律絕二種；而唐宋又雜出其間，殊乖體製。因專就唐詩中膾炙人口之作，擇其尤要者，每體均數十首，共三百餘首，錄成一編，

> 爲家塾課本，俾兒童而習之，白首亦莫能廢。較千家詩不遠勝耶？諺云：「熟讀唐詩三百首，不會吟詩也會吟」，請以是編驗之。（據六十五年十二月修訂三民版「新譯唐詩三百首」，頁4引）

「唐詩三百首」共選三百十首，今原刻本已不得見。編者原意乃爲家塾課本，而今卻凌駕在古今的唐詩選本之上。就啓蒙教材而言，這是惟一的變數。

以上所舉，爲明、清兩代兒童啓蒙教材的大概情形，至於程度較高的青少年，則仍依過去傳統辦法，以孝經、四書、五經等爲教材。

至於民國成立之後，初期國民義務教育不甚發達，各地私塾、經館甚爲普遍，所用教材，大多還是清代所用的教材。新編的教科書，僅新設置的學校採用。就目前坊間所印從前啓蒙書，除上列所述外，另有「人生必讀」、「千金譜」、「弟子規」等書。「人生必讀」乃格言詩，分七言、五言、四言，每首四句。「千金譜」亦爲格言式韻文，文句不定，要皆爲對句。「弟子規」亦爲格言韻文，每句三字。以上三書皆不知爲何人所撰。一般說來，流行於家塾間的啓蒙書，皆屬不知名人士所撰。

總之，歷代兒童啓蒙教材，大皆以韻文書寫，諸韻易讀，反之則容易被遺棄，就詩教而言，可謂深且遠。

貳、國小課程標準裡的韻文教育

現階段的「國民小學課程標準」是在民國六十四年八月七日由教育部制定公佈，並自民國六十七學年度第一學期（八月起）實施。試略述我國小學課程標準的演變如下：

我國自光緒廿八年（一九〇二年）訂頒欽定學堂章程起，即對小學課程有所規定。其後光緒廿九年奏定學堂章程，光緒卅三年奏定女子小學堂章程，宣統元年（一九〇九年）訂頒之修正初年小學課程，宣統二年訂頒之改訂高初兩等小學年限科目及課程，民國元年訂頒之普通教育暫行課程標準，民國四年訂頒之國民學校令、高等小學校令、預備學校令，民國十二年訂頒之新學制課程標準綱要，民國十七年訂頒之小學暫行條例，均曾根據國家需要，世界潮流，以及教育理論，對於小學課程不斷有所改進。

民國十八年政府訂頒小學課程暫行標準，規定小學各年級設黨義、國語、社會、自然、算術、工作、美術、體育、音樂等九科，並說明課程貴簡化，可合併者應盡量合併，如初小社會與自然可合併爲常識科。高小社會則包括公民、衛生、歷史、地理四科。

民國廿一年政府根據各方面試用結果，正式訂頒小學課程標準，規定小學各年級設公民訓練、衛生、體育、國語、社會、自然、算術、勞作、美術、音樂等十科。

民國卅一年政府因抗戰西遷重慶，因應實際需要，又訂頒小學課程修訂標準。就小學課程而言，此時期爲保守時期。但仍有部分革新，此次標準規定中低年級科目完全相同，中、低年級計設團體訓練、音樂、體育、國語、算術、常識、圖畫、勞作八科。低年級音樂與體育、勞作與圖畫均分開教學，不再合科。高年級設團體訓練、音樂、體育、國語、算術、社會（包括公民、歷史、地理三科）、自然、圖畫、勞作九科，並規定公民、歷史、地理三科以分科教學爲原則。各年級教學總時間較前又略增加。惟規定中低年級國語，常識須混合教學，乃一重要嘗試。

民國卅七年抗戰已勝利，爲推進全國小學教育訂頒小學課程第二次修訂標準。此爲民國廿五年以來小學課程之再革新時期，但仍有部分的保守作法。此次標準規定低年級設公民訓練、音樂、體育、國語、算術、常識、美術、勞作八科，中、低年級國語和常識可分開教學。高年級設公民訓練、音樂、體育、國語、算術、社會、自然、美術、勞作九科，社會包括公民、歷史、地理三科，以混合教學為原則。

民國四十一年政府遷臺，為配合反共抗俄國策，修訂國語和社會兩科教學內容，並依國民學校法將小學課程標準改稱國民學校課程標準。全部教學科目未有變更。此時期可稱為局部教材修訂時期。

民國五十一年政府依據各方建議訂頒修正國民學校課程標準，此為民國廿五年以來小學教育上之大革新時期。其特點為加強道德教育，採取初高級六年一貫精神，盡量刪減初、高級「雙重圓周制」下之重複教材。低年級算術改為定時教學，計低年級七科，中年級十科，高年級十二科。

民國五十七年政府為配合實行九年國民教育，特訂頒國民小學暫行課程標準。此時期可稱為配合國民教育延長時期。其特點在發揮國民小學九年一貫精神，加強民族精神教育、生活教育及職業陶冶。計低年級八科，中年級十二科，高年級十一科。

又教育部遵蔣中正總統指示將公民與道德改稱生活與倫理，以示注重生活倫理教育。

國民小學暫行課程標準的頒布，事實上是歷次修訂課程標準費時最短的一次，教育部為配合九年國民教育之實施，根據行政院頒布之「九年國民教育實施綱要」

，進行國民中小學課程標準修訂工作，自五十六年九月初開始至十二月，歷時僅四月。此次課程設以小學六年及中學三年，共九年爲範圍，爲我國義務教育階段的課程開一新紀元。但課程必須配合國家政策、時代要求及生活需要，隨時加以研討與改進，因此乃於六十四年元月起，正式組織委員會，開始著手修訂。至八月修訂完成。

綜觀我國小學課程標準之演變，吾人發現我國小學課程中若干科目之設置，科目之分合，常反復變更，但均曾應用民主的方法，由政府官員及學者專家以及實際從事小學教育的人士共同商定的。察其趨勢：(1)科目數量隨年級地位而增加，年級越低科目越少，年級越高科目越多，此正適應兒童心理逐漸由綜合而分化之傾向。(2)爲經濟使用兒童學習時間，重複教材將盡量刪減，直線型或一貫性的課程將大受歡迎。(3)民族精神教育、公民教育、道德教育、生活教育、科學教育、職業教育、健康教育、團體活動大受重視。

現行「國民小學課程標準」自六十七學年度第一學期起實施，其課程標準：

以民族精神教育及生活教育爲中心。（見正中版「國民小學課程標準」第三「實施通則」壹「課程編制二，頁8）

而其教材編選，依據下列要點：

1. 符合倫理、民主、科學的精神。
2. 適合社會需要，而且可以達成教育目標。
3. 適合兒童學習能力，而且是生活中常見常用的。
4. 具有永恆價值。（同上，頁9）

申言之，今日「國民小學標準課程」之頒布，其目標乃在於「國民小學教育，以培養活活潑潑的兒童，堂堂正正的國民為目的，應注意國民道德之培養，身心健康的鍛鍊，並增進生活必需之基本知能」（見「國民小學課程標準」國民小學課程標準總綱第一目標，頁1），因此所謂的詩教，在現行國小課程中所佔的比例，則顯然不如往昔。考「國語課程標準」總目標第二：

指導兒童由語文學習活動中，充實生活經驗，陶鎔思想情意，以培養其豐富活潑的想像能力，和有條不紊的正確思考能力。（見「國民小學課程標準」

，頁75）

此項似乎多少與韻文學習有關係。又就教材綱要而論，低年級讀書有：

兒歌、民歌、謎語等。

中年級讀書有：

兒歌、民歌等。

高年級讀書有：

淺易詩歌等。

話劇、歌劇等。（以上並見「國民小學課程標準」，頁82-87）

至於各學年教材分量參照如下：

類別／百分比／學年	普通文：記敘	普通文：說明	普通文：議論	實用文	韻文	劇本及其他
第一學年	六〇				四〇	
第二學年	六〇			五	三五	
第三學年	五五	五		一五	二〇	五
第四學年	五〇	一〇		一五	二〇	五
第五學年	四五	一五	五	一五	一五	五
第六學年	四〇	一五	一〇	二〇	一〇	五

（同上，頁82-87）

又對於有關詩歌類教材的文體說明如下：

甲、兒歌：合於兒童心理的協韻的歌辭（急口令等入本類）
乙、民歌：民間流傳的歌謠。（擬作的民歌歸入本類）
丙、詩詞：寫景、抒情、敘事等詩詞。
丁、謎語：合於兒童心理的謎語。（見「國民小學課程標準」，頁92）

而對劇本說明如下：

甲、……：合於兒童表演的話劇。
乙、……：合於兒童歌唱的歌劇。（同上，頁92）

總結以上所述，我們知道現行「國民小學課程標準」裡的韻文教育，大不如往昔，主要是在教材的的編寫並不是以韻文爲主。當然，這種現象的形成，乃是社會結構的改變使然。同時我們考察現行國小的國語課本，據本校同仁吳朝輝於「國字的教與學」裡說：

何以國小畢業生認識了三千字，還不能隨心所欲地看書、看報呢？這就是我們應深加檢討的問題了。

語文能力有五：一識字能力，二造詞能力，三句法能力，四修辭能力，五創造能力。

目前我們國小語文教育，僅止於識字、造詞的指導，而識字亦僅辨識字形，熟記字音而已，眞正字義的變化與運用，卻毫無慮及，遑論句法、修辭及創造能力之分析指導了！

就筆者第三、四章所編，國小十二冊國語課本，有單字二八九六字，而應予更正的字即有五九二字，誤字竟佔百分之二十點四四，這還不包括部分書寫筆誤的字。

或許有人以爲字形的寫法，也可以從俗，不一定照說文解字小篆筆意，這就是剛才所談到的：「目前我們國小語文教育，僅止於識字，造詞的指導；而識字亦僅辨識字形，熟記字音，眞正的字義的變化與運用，卻毫無慮及，遑論句法，修辭及創造能力的分析指導！」

目前語文教育：

一、識字：只認筆劃，不是從字形推演字的本義，而是記一個字的好幾種解釋。當認識的字跑到了另一個位置，學生又不認識這個字了。這種認字，豈不是浪費了時間。認字必須先認識字的本義，然後再記住幾條重要引申義的演化，這樣才算是認了這個字。

二、造句：學生只知道去認識人家造好的詞，應該詞句優美形式的設計，有計劃的示範指導，譬如詞的構成，有鑲字法、嵌字法、增字法、配字法。句詞的運用有類疊、對偶、排比、層遞等變化，都應有計劃的指導學童造詞、用詞。

三、句法能力、修辭能力，在目前語文教育，更是付諸闕如，全靠教師的運用，但是教師對文法與修辭了解不多，無法作有計劃的教學。目前的句法修辭能力的培養，只是靠責令學生背誦課文，這種背誦的方式收效不大。使學生曉得文章通順，但不知何以通順。所以一旦要自己把一種思想想成一種現象，要表達出來時，卻不知所措。這便是一般高中生連一封信也寫不好的原因。（見六十八年四月「台東師專學報」第七期，頁114-115）

國小國語文教育，其缺失已是如此，更遑論詩歌教育。雖然目前國語統一教材十二冊中，詩歌作品已達四十篇，但四十篇中，其文學價值偏低，更談不上傳統文化的薰陶，竊以爲國小低年級國語課本，或以古詩詞、歌謠爲主，兒童吟誦在其中，如此既有詩傳統，又有文化涵養，則所謂兒童詩教育自可指日而待。

第二節　兒童詩歌的發展

「兒童文學」一詞正式在我國使用，或從民國九年起，而特地為兒童寫作的詩歌，在五四運動以後才有。五四運動以前的詩教育概況已見前節裡，本節所述乃專對五四以後，尤其是政府遷台時期，並試分為三期：

壹、萌芽期

民國八年，五四運動以後，白話文學興起，新詩應運而生，它是一種嶄新的形式，跟以前的舊詩完全不同，它以新的面貌出現，打破了傳統格律，採取自由的形式，把一切新的思想、意識、情感帶到新詩裡來。但是在當時，並沒有專為兒童寫的詩。民國十年到十一年，是兒童文學的高潮時期，除了出版不少兒童讀物外，在小學的課本中幾乎全部採用兒歌、童話、民謠、寓言等，因此被人譏為「貓狗教育」。民國十八年，教育部規定在國小「讀書」科的內容中，應側重兒童文學，注重故事、詩歌等的教學。由於有關撤退前的兒童詩歌史料之闕失，我們很難了解在民國三十八年以前，到底有多少詩歌是專為兒童寫作，當然在這個時候是有許多作品，因通俗流暢、雄壯，而爲兒童所接受，今就馬景賢「兒童文學論著索引」（六十四年一月書評書目版）所收資料，我們實在看不到民國三十八年以前有專爲兒童寫作詩歌的任何活動記錄。而其中有關「兒歌、童謠」的記載卻不少，因此我們可以說，就兒童詩歌的發展而論，民國九年至三十八年之間是爲萌芽期，其發展寄託在俗文學的收集與研究上，而非在創作本身。如民國十七年中山大學出版黃詔年「孩子們的歌聲」一書即是，本身雖爲收集而來，但卻是有心供人閱讀，其題詞是：「願童心已逝的人們呀，在此獲得些許的乳香。」而事實上，儘管各省歌謠出版了許多，而適用於兒童教育的歌謠還是沒有，更別說是專爲兒童創作的詩歌了。北京大學的「歌謠周刊」，中山大學的「民俗周刊」（後改季刊），婁子匡主編的「孟姜女月刊」，是當時俗文學研究的重鎭，楊堃「我國民俗運動史綱」裡說：

> 北大的歌謠，中大的民俗，與杭州的孟姜女，這不僅是三個發表機構，而且亦是三個有組織的研究機構。在我國民俗運動的陣營中，這是三大據點。歌謠周刊的勢力在華北，民俗周刊的勢力在於華南，孟姜女月刊的勢力在於華中。而且此三組織彼此亦有連繫。並各有分會或學術集團與叢書等等。其勢力可謂遍於全國。蓬蓬勃勃，頗極一時之盛。如無阻力，可以繼續下去，則

三五年後，一定大有可觀。不幸七七事變突然爆發，全國學術界均受一致命的打擊。這個民俗學運動亦自不能例外。（民族學研究集刊第六期，本文據五十二年八月「五十年來的中國俗文學」引，頁21-22）

北大「歌謠周刊」第一期刊行於民國十一年十二月十七日，共出九十六期，至民國十四年六月二十八日停刊。民國二十五年四月復刊，後來由於蘆溝橋事變而永遠停刊。考「歌謠周刊」的創刊緣起是：北京大學研究所從民國七年二月起開始徵集歌謠，五月底起，劉半農先生的「歌謠選」陸續在北大「日刊」上發表，前後登出一百四十八首。民國九年冬天成立「歌謠研究會」，由沈兼士、周作人兩人主持，十一年十二月十七日，是北大二十五週年紀念日，北大研究所國學門舉辦了一次成績展覽，並在這一天刊行第一期「歌謠周刊」。中山大學的民俗周刊，其前身原為「民間文藝周刊」，由董作賓、鍾敬文主編，民國十六年十一月一日出創刊號，後來覺得民間文藝範圍狹小，而改為「民俗周刊」，民國十七年三月二十一日出版第一期，至民國十九年四月三日停刊，計出一百一十期，其間有關歌謠重要論著，成書有

歌謠論集　鍾敬文　民國十七年九月　北新書局
中國民歌研究　胡懷琛　民國十四年六月　商務印書館
中國歌謠　朱自清　民國十八年　北大講義

政府遷台後，婁子匡在台影印中山大學民俗叢書三十二種（五十九年夏）及中國期刊五十種的「東方文叢」（六十一年春）可說是遷台後民俗學研究的據點。民國五十六年七、八月，有許常惠、史惟亮等人在台灣西部、東部所做的民歌鄉野採集工作，而後民謠、民歌漸爲人所重視，今日所謂「校園歌曲」，其產生不能不說與民歌之受重視有關，而今日兒童詩歌之寫作，亦不能有不借助歌謠之處。

貳、幼苗期

政府遷台以後，中央日報兒童週刊於民國三十八年初創刊，有一位年輕詩人楊喚，以「金馬」爲筆名，經常將其所創作的「兒童詩歌」發表在這個週刊上，而且頗有成就，他的詩作計有「童話裡的王國」、「夏夜」、「快快上學去吧」、「花」等二十首，都清新可愛，洋溢著迷人的美，可惜這位充滿才華的詩人，在廿五歲時就離開了人間，他是被火車軋死的，時間是民國四十三年三月七日的上午。楊喚是幼苗期裡爲兒童寫詩歌的大人，同時也是成就最大的詩人。

此時，有關「兒童詩歌」寫作之闡述的論述並不多見，其間可見者如下：

兒童的歌謠　梁容若　四十一年十月廿九日　中央副刊
兒童故事詩序　梁容若　四十八年七月二十日　中央副刊
談兒童詩歌　王玉川　五十四年四月　「兒童讀物研究」第一輯，頁153-158
兒童詩歌寫作研究　王玉川　五十五年　研習叢刊第三集「國語及兒童文學研究」，頁117-120
童話詩人楊喚　林良　五十五年五月　「兒童讀物研究」第二輯，頁211-240

一般說來，這時期對於兒童詩歌來說，是自生自立的局面，其間最用心者當推王玉川老先生，他非但有理論的闡述，並且有作品「兒童故事詩」、「大白貓」問世，在兒童詩歌發展史上自有他的地位。

在這個時期裡，就兒童讀物的演進而言，有幾件大事，這些大事，促使了兒童文學的進展，當然也蘊釀兒童詩歌寫作熱潮的來臨，以下略述有關的幾件大事。

1. 教育部重視兒童讀物。民國四十六年兒童節，教育部舉辦了「優良兒童讀物獎的徵選」，藉以鼓勵兒童讀物的創作和譯述。四十七年至五十一年未辦理，五十二年又恢復舉辦「優良兒童讀物獎」。四十六年十一月，教育部國教司和國立中央圖書館聯合舉辦「兒童讀物展覽」，展出讀物有千冊之多。

2. 師專「兒童文學」課程的開設。四十九年起，台灣省師範學校陸續改制為師範專科學校，課程裡有「兒童文學研究」的科目，師專開設「兒童文學研究」課程，至少具有下列兩點功用：

(1)建立兒童文學體系，有助兒童文學的發展。師專教師為應教學需要，廣泛搜集資料，編著有關教材，如：

五十二年，台中師專劉錫蘭教授的「兒童文學研究」（列台中師專語文科叢刊四）

五十三年三月，台南師專林守為教授的「兒童文學」（自費出版）。

五十八年兒童節林守為教授又出版「兒童讀物的寫作」，該書為中山大學術

文化基金會獎助出版
五十四年政大吳鼎教授的「兒童文學研究」（台灣教育輔導月刊社出版）
五十八年，台中師專鄭蕤教授的「談兒童文學」（光啓出版社）

⑵激發師專生從事兒童文學研究興趣，給兒童文學做播種的工作。

3. 省教育廳兒童編輯小組的成立。台灣省教育廳於五十三學年度，配合聯合國兒童基金會的援助，成立兒童讀物編輯小組，出版「中華兒童叢書」，其間不乏兒童詩歌如女詩人王蓉子「童話城」，即是五十六年出版的。

4. 世界兒童文學名著的出版。五十四年起，國語日報社陸續出版世界兒童文學名著，其間亦有詩歌作品，風評頗佳，促使各書局也紛紛出版叢書。

5. 國民小學暫行課程標準的頒行。民國五十七年一月教育部公布「國民小學暫行課程標準」，在國語科的總目標第七項中明確指出：「指導兒童閱讀課外讀物，養成欣賞兒童文學作品的興趣和能力。」並於「教材綱要」中也列出讀書科的主要內容。這些目標和教材綱要對國小推展兒童文學工作有所助益。

6. 中國語文學會的開拓。中國語文學會很注意兒童文學的開拓，在趙友培先生的領導之下，自民國五十八年起，逐年舉辦「全國新時代兒童創作展覽」。

由以上各種力量的推動，再加上「笠」詩刊在民國六十年十月四十五期，設立兒童詩專欄（兒童詩園），漸使其他詩刊也紛紛刊登兒童詩歌，並造成了兒童詩歌寫作的熱浪。

參、成長期

在「笠」詩刊設立兒童詩歌專欄之後，國語日報在六十一年四月，特別開闢了一個兒童文學專欄，由馬景賢先生主編，定名爲「兒童文學周刊」。每星期日和讀者見面。內容包括兒童文學理論的介紹、文學評論、讀物介紹、童話……等不一而足。自從有了這個園地後，許多熱心兒童教育的作家，老師都紛紛執筆寫出他們的心聲，而寫作兒童詩的熱潮，是從民國六十一年的冬天開始。一方面是受到「笠」詩刊的提倡；再方面是國語日報在「兒童文學周刊」第二十九期刊出徵求「兒童詩」的啓事（六十一年十月十五日）。這個啓事由子敏執筆，其原文如下：

> 兒歌或者童謠，適合低年級的兒童朗讀，當作一種「語言學習」的活動。到了小學中年級、高年級，兒童對於兒歌的興趣就漸漸淡了。這個階段，他們

需要讀一些好的詩，特地爲他們寫的詩。這些詩，如果寫得好的話，將成爲他們的「初級文學讀物」。

國語日報的兒童版，爲了鼓勵兒童文學工作者多爲兒童寫一些有益的詩，決定爲「兒童詩」闢出版地，向大家徵稿，希望大家共同耕耘。收到好詩，隨即發表，等積聚多了，就出版「兒童詩集」單行本。

已經去世的詩人楊喚，過去曾爲孩子們寫過童話詩十八篇，篇篇都很出色。希望今後會有人再繼續他的工作，再爲兒童多寫一些詩。關於詩的形式跟內容，並沒有什麼限制。「兒童版」只要求詩裡要有優美的情操，所用的語言要自然通順，並且記住這是「爲我們的充滿希望的第二代寫的」就可以了。

這個啓事就像一顆石頭，投入了平靜的水中，激起了寫作兒童詩的漣漪。因此兒童詩歌也就在大家熱誠的討論下，茁壯而成長了。

其實在啓事之前，可見有關兒童詩歌的論述有：

孩子與詩　王　渝　兒童文學周刊十七期　六十一年七月廿三日

兒童詩的開拓　趙天儀　笠五十期卷頭語　六十一年八月

王渝先生的「孩子與詩」，無疑是第一篇介紹兒童詩歌的文章，這篇文章，除了介紹美國詩人坎尼斯可克在紐約的公立第六十一小學開始教兒童寫詩歌。他的方法是由唸詩著手，在他教孩子們創作詩的經驗，他發現鼓勵孩子們寫詩有幾項事要注意：

1. 要用孩子們用的語言。
2. 要把創作上孩子們視爲困難的障礙一一除去。
3. 老師不要指出誰的作品不好。
4. 在孩子們創作時，儘量予以幫助。
5. 提供其他幾個被孩子喜歡的題目。（以上請詳見原文）

而啓事後的第一個回響的論述者，是林桐的「談兒童詩」，刊登兒童文學周刊三十八期（61.12.17.），而後討論兒童詩歌的文章接二連三的刊登於兒童文學周刊上（如林良、鄭明進、黃基博、林武憲、林鍾隆、林煥彰等），其中也不乏指導、欣賞和創作參考資料。目前國語日報編輯部已將歷來所發表的兒童文學周刊以單行本方式問世。我們可以說，兒童詩歌能夠受到大家的歡迎和重視，國語日報是第一功臣。除外，中國語文月刊對兒童文學的提倡、重視亦是功不可沒，該刊除刊登有關兒童文學理論性的文章外，更收集、整理有關資料，而發行單行本。目前已有兩本「兒童文學研究」問世。另外各種報章雜誌上也常有理論性的文章發表，對兒童詩歌的推展都有或多或少的貢獻。

在詩作方面，也掀起了寫作的熱潮，結集出版兒童詩歌集，一時蔚爲風氣。兒童詩歌能掀起熱浪，除笠詩刊、國語日報、中國語文月刊的提倡之外，我們不能不談到下列幾件大事：

1. 兒童文學研習會　板橋教師研習會，從民國六十年起舉辦兒童文學研習會。（台北市教育局從民國六十四年至六十六年，每年亦舉辦五期兒童文學研習會），並與中國語文月刊密切配合，把研習會的兒童文學創作班學員的優良作品，分期刊登在中國語文月刊上，這個推廣及介紹工作上，確實做得非常週到，頗能有普遍而深遠的影響。

2. 洪建全基金會的推波助瀾　洪建全基金會從六十三年起，每年舉辦「兒童文學創作獎」的徵稿，這是第一個私人捐助的兒童文學獎，其主旨是爲了讓兒童們有更好的讀物，提高國內兒童讀物的水準，以及鼓勵更多的有心人士參加兒童文學的創作。而其間徵稿，每年幾乎皆以兒童詩歌最熱門。

3. 教育部的文藝創作獎　教育部的文藝創作獎，在六十四年十二月增加了兩項兒童文學獎，即小說與詩歌散文。

4. 新一代兒童叢書　六十五年將軍出版社出版一套四十本的新一代兒童叢書，其中有詩歌六冊。

在大家的關注下，兒童詩歌有人討論，也有人指導創作，有人開辦兒童詩歌研習會，同時也有了同仁的兒童詩歌雜誌。更重要的是兒童詩歌在大家的努力耕耘下，漸漸受到文藝界的重視。民國六十六年五月林武憲以「怪東西」、「你來說我來猜」等詩集榮獲中國文藝協會的「文藝獎章—兒童文學創作獎」。六十七年十一月，林煥彰以「童年的夢」、「妹妹的紅雨鞋」兩書榮獲中山學術文化基金會的「中山文藝創作—兒童文學獎」。另外許義宗的「兒童詩的理論與發展」，亦獲中山學術文化基金會獎助出版。這種得獎，可以說明兒童詩歌已經在文學領域裡給予認定；兒童詩歌的地位也逐漸增高了。從附屬的地位脫離，而有了獨立的地位。

第三節　兒童詩歌的意義

兒童詩歌在大家的嘗試、摸索中終於茁壯了，但是什麼是標準的兒童詩歌，而兒童詩歌的創作原則又是什麼？雖然其間有不少人討論著，並且亦曾引進東洋與西洋的兒童詩歌，借以刺激我國兒童詩歌的發展，但事實上卻不盡如人意，林鍾隆在「談詩象和詩心」裡說：

在我一直注意兒童詩的發展的情形下，卻不能不為目前的狀況暗暗嘆息。第一，我們沒有一個眞正懂兒童詩的刊物編輯。第二，我們沒有眞正懂詩的兒童詩作者。發表出來的，既不是詩質很高的兒童詩，自然不能代表什麼，但是，既然發表出來了，很多人就依樣畫葫蘆學習創作，範詩成就不夠高，學習能力又未能達範詩的成就，因此，兒童詩有等而下之的泛濫現象。目前的兒童詩最大的毛病，在於詩中沒有人物，有人物的，又沒有「心」的影子。

詩是從「心」裡吐出來的，詩是從胸口吹出來的，不是靠腦袋想出來的，更

不是靠智慧編出來的。（見六十六年一月益智版「兒童詩研究」，頁77）

寫作者與指導者，似乎都在茫然摸索中，大家都認為沒有音樂，照樣會有詩。詩的源頭是民謠、兒歌，民謠、兒歌建立了我國傳統詩的基本形式；每句有一定的字數，而且利用押韻來使人產生聽覺上的愉悅感。但是屬於兒童詩歌的道路又在那裡？大家都知道，台灣光復以後的詩人，有了「五四遺產」與「抗戰遺產」，可是卻忘了我們另外還有悠久的歷史，並不止於三十年或是六十年。而兒童詩歌之所以未能成長壯大，其原因之一，或許可說是對傳統的忽略。為使主題明朗化，筆者擬先解釋幾個相關的名詞：

壹、歌與謠

歌謠兩字，可分開，亦可連在一起，試解說如下：

甲　歌謠的定義

歌謠兩字首見於詩經魏風園有桃：

心之憂矣，我歌且謠。

毛傳解釋說：

曲合樂曰歌，徒歌曰謠。（見藝文版十三經注疏本，册二，頁208）

這是以「聲」而論，若以「辭」而言，則無分別。我國所謂歌謠的意義向來極不確定：一是合樂與徒歌不分；二是民間歌謠與個人詩歌不分。我們對於歌謠有正確的認識是在民國七年北京大學開始徵集歌謠的時候。要言之，歌謠是經過多年的口傳而仍在民眾口裡活著的，它不必靠印刷而存在，也就是范文瀾在「古謠諺」凡例所說的：

謠諺之興，其始止乎發乎語言，未著於文字。其去取界限，總以初作之時，是否著於文字爲斷。（見世界版「古謠諺」上，頁6）

「口唱及合樂」是中國歌謠二字舊日的解釋，而諺語是指「風土民性的常言，社會公道的議論，深具眾人的經驗和智慧，精闢簡白，喻說諷勸，雅俗共賞，流傳縱橫」（見中華版「中國歌謠論」，頁1），申言之，歌謠可以嚴於合樂、徒歌之辨；也可以就廣義的詩觀點論之，而不管民間與個人的分別。因此在今日來說，「歌」、「謠」、「歌謠」其意思是相同，而所謂的民歌、民謠也是相同，是以朱介凡先生以現代看法，為歌謠下的定義是這樣：

> 凡根基於風土民情，在山野、家庭、街市上，公眾所唱說的語句，辭多比興，意趣深遠，聲韻激越，形式定律或有或無，而雅俗共賞，流傳縱橫，這就是歌謠。（見六十三年二月中華版「中國歌謠論」，頁1）

簡言之，歌謠乃是老百姓和孩子們的詩，如周伯陽的兒童詩歌，即是從歌謠入手，其成績是有目共睹的。因此歌謠與詩的關係，不下於跟民族音樂的關係。新詩對歌謠當有悟解。其實早在民國廿六年時，即有李素英於「讀歌謠後所得的一知半解」裡，從文藝的立場提出他的看法，他說：

我覺得歌謠是介於舊詩詞與新詩之間的執中的詩體，也許是未來的新詩體吧？因爲歌謠與自然的語言文法最相近，在沒有固定的形式中有著相當固定的規律，即是順著情感與語言之自然而伸縮於舊詩式的聲、韻、章句等固定的規律之中；既沒有舊詩的束縛太甚之苦，也沒有新詩的過於自由之弊。吳歌可算是其中一個很好的代表。今後的新詩若是能於本身的優點以外再吸取歌謠的長處，以含蓄的手法表現眞摯的情意，以自然的言語做「深入淺出」的工夫，並酌量變通和採用傳統的聲韻節奏等等，而保留長短章句的自由，這樣漸漸演進，也許可以成爲一代完美的詩體。（見二十六年四月十七日「歌謠周刊」三卷三期，頁5。並見七十一年九月東方文化書局再版「歌謠周刊」冊三。）

乙　歌謠的風貌

歌謠是屬於純鄉土的，它是沒有記譜，純係口傳，它的本質是通俗而大眾化的，它們被表現出來，往往不是爲娛樂他人，而是他們的生活本身，一首歌謠的產生，那隨口歌唱的歌手，自不會考慮到所謂句子、結構、比興、聲韻等問題，當然，其間大致上仍有個依循，以下試就句子、結構、比興、聲韻等四方面略加分析（以下所述詳見朱介凡「中國歌謠論」，頁61-160），以見中國歌謠的風貌：

一、論句子　中國歌謠的句子，朱介凡先生認為取決於：

1. 中國語言結構的特性
2. 人類歌唱發音、運氣、唸字的基本則律。
3. 中國歌謠生活的傳統。
4. 國風、楚辭以來詩詞的影響。
5. 自漢代以來讖謠說法的潛在影響。
6. 南北各地戲曲的影響——戲曲與歌謠間相互的影響，有時很難分清。（見「中國歌謠論」，頁60）

大體上，中國歌謠以三言、四言、五言、七言為其基本句式。有的地方，完全採用詩的形式，五言絕句和七言絕句，而尤以七言絕句式為多。但歌謠究竟與詩不同，它用不著那許多詩詞格律的約束，必須這樣那樣的，方為合適。它儘可聽憑意趣的支使，想像力的奔放，與內心情感的自然流露，而創造出極活潑極自由的篇章。因此，絕大部份的歌謠，可以說，沒有一定形式。

二、論結構　句子等於是木材、磚瓦、砂石，怎樣結合這些木料，形式建築體呢？這就要看如何來結構了。中國歌謠結構的法式，約可分為：

平擺　初置木石，平平擺放。
堆積　堆累積攏，為高為大。
引進　情境吸引，逐漸進入。
遞接　站站驛傳，承遞相接。
對舉　兩相舉照，黑白分明。
排列　並同數事，排列比證。
屬序　按著數字，依序敘說。
連鎖　事不相屬，連鎖得之。
重疊　重章疊句，反復而歌。
問答　問答逗趣，俗稱對口。
反結　重在結句，正話反說。（同上，詳見頁96-111）

三、論比興　最好的歌謠，它的意義即在能於日常生活中找情趣，能使最實際的生活都因此活潑起來。而巧喻可說是歌謠的全部。巧喻是歌謠之所以成為歌謠的所在，是歌謠之所以不能以別的東西代替的理由，朱介凡先生以為現代修辭學，於比喻一格，未免分得過於瑣細，大體上他析分為明喻、隱喻、夸飾、擬人、意象、滑稽、顛倒、起興、中興、尾興、賦比興之融渾與兼表義說等。

四、論聲韻　我們可以說聲韻是歌謠的神采所在，歌謠的內容與形式，其表現在造句、結構、比興的運用上，皆十分自由，但不管怎樣自由，歌謠很少不要韻，若沒有韻，歌謠就不成其為歌謠了。歌謠的聲韻，約略分析有：頭韻、中韻、腳韻、趁韻、兒化韻、諧音、岔接、氣急、聲拗、疊詞、語助、嵌套、土語、引頭與押尾。

丙　歌謠的分類

中國歌謠的分類問題，朱自清「中國歌謠」曾加以總括，約為十五種不同的分類標準：音樂、實質、形式、風格、作法、母題、語言、韻腳、歌者、地域、時代、職業、民族、人數、效用等十五類，前八項都是有關歌謠的本身，後六項是關於它們的背景的，末一項則是獨立的。但其分類不盡可取，朱介凡先生認為從古相傳的讖謠、謠諺之謠，它多半不付予歌唱，而是講說的，卻又跟純粹的諺語有異，但不能排斥它於歌謠之外，他把中國歌謠分為七大類：

兒歌
情歌
工作歌
生活歌
敘事歌
儀式歌
謠

這七大類，可約之爲三：

1.兒童們唱的，或大人爲兒童們唱的—兒歌。
2.大人們的情歌、工作歌、生活歌、敘事歌、儀式歌—總名爲民歌。
3.不付諸歌唱的—謠。（以上並見「中國歌謠論」，頁15-16）

這兒我們必須補充說明一下，兒歌是隨口唸唱的，不一定有調兒，民歌則有其鄉土腔調，文字記述上是看不出來的。兒歌，鍾敬文認爲是「指兒童本身所作所唱的及別人爲他們而作而唱的一切歌謠。」（見黃詔年編「孩子們的歌聲」、鍾序，頁3）西方人研究兒歌，多分爲兒歌與母歌兩類，母歌是母親爲小孩的需要，特別爲孩子而創作唱歌的，與兒童生活有密切關係。並且有許多母歌，後來便變成了兒童所唱的一部份，因此母歌也應該歸入兒歌之類。他並且認爲「童謠，就是小孩所唱的歌謠，其意義與現在所謂兒歌相似」（頁7）；但朱介凡於「中國兒歌」一書裡卻不以爲然。他認爲「童謠多是政治性的預測、諷刺，讓歷史家取爲治亂興衰的論斷。」（見六十六年十二月純文學版，頁8）童謠並非兒歌，主要的一點是：「童謠很少關涉兒童生活」（同上，頁10）他說童謠的特徵有：

1. 重在政治性。
2. 不以歌唱而存在，是耳語式的流傳。
3. 吉凶禍福，成敗順逆的「先知」預測。
4. 表現爲老百姓的議論、諷刺、評斷，無畏於權威。
5. 詞意游離恍惚，故意逗人猜解。
6. 沒有一定的結構形式。

7. 後人就歷史已有事物的附會。

8. 時間性的限制。一旦時過境遷，謠就不再流傳，非如一般的兒歌和民歌之傳承甚久。（詳見「中國兒歌」，頁10）

而事實上，今日的一般用法，其指涉的內容是相同的，所以朱介凡先生也說：「有時候，兒歌和童謠，也難以截然劃分。」（見「中國兒歌」，頁10）如「繪圖童謠大觀」（六十六年十二月廣文版）；陳子實編選「北平童謠選輯」（五十七年九月大中國圖書公司版），亦屬兒歌。其實童謠與兒歌應是同義詞，一般說來，這種兒童歌謠，古言童謠，今日兒歌，其間用詞選擇可因人而異。至於刻意替二者劃分界線，實在沒有必要。

貳、詩與歌

詩、音樂、舞蹈的起源是相同的，而後漸形分離，但其間的關係仍是非常密切。考中國詩歌的起源亦是如此。

「尚書」舜典記舜的話，命夔典樂，教冑子。又道：「詩言志，歌永言，聲依

永，律和聲；八音克諧，無相奪倫，神人以和」（見藝文版十三經注疏本，頁46）。這裡有兩件事，即

詩言志

詩、樂不分家

而朱自清於「詩言志辨」裡認爲「詩言志」其演變歷程有：

獻詩陳志

賦詩言志

教詩明志

作詩言志（詳見六十六年四月河洛版「朱自清集」，頁1119－1162。）

但獻詩、賦詩時代裡的人都能歌唱，入樂歌唱還是生活裡重要的節目，我們可以說獻詩和賦詩正是從生活的必要和自然的需求而來，所以古代有所謂「樂語」，周禮大司樂：

以樂語教國子：興、道、諷、誦、言、語。（見藝文版十三經注疏本卷二十二，頁337）

這六種樂語到底有何分別，我們不能詳知，但似乎都是以歌辭爲主。所以獻詩、賦詩都是合樂，到春秋時止，詩樂還沒有分家。

到了「教詩明志」時代，詩、樂始行分離，亦即是只重意義，而不重聲音。我們知道，在詩樂不分家的時代，只著重聽歌的人，只有詩，沒有詩人，也無「詩緣情」的意志。詩樂分家以後，敎詩明志，詩以讀誦爲主，以義爲用，論詩者才漸漸意識到詩人的存在。他們雖然還不承認「詩緣情」的本身價值，卻已發現了詩的這種作用，並且以爲「王者」可由這種「緣情」的詩「觀風俗，知得失，自考正」。至「作詩明志」時代，詩人的名字有出現的機會，詩人的地位也漸漸顯著。

詩樂分家以後，詩人與音樂家不再是同一人。果有詩樂集在一身的人，其地位當然更顯重要。當然，我們說詩樂分家，並不是等於說詩不可能歌。考中國韻文從詩經、楚辭、樂府、詩、詞、曲等，皆以合樂歌唱爲主，其間若有不可以入樂歌唱，乃是由於形式上不協聲韻，或言辭太過繁瑣或太過枯燥，有如夫子自道，皆不宜入樂歌唱，是以當時詩、詞、曲本身不宜入樂歌唱之時，亦即是詩、詞、曲本身即將要改變之時。詩發展成詞，乃是先有了音樂，試以「傳奇」爲例，可見其來龍去脈如下：

1. 它來自民歌，每一次新歌劇的發生，都與民俗小調有不可分的關係，舊有的已經定型的歌劇唱腔，也因爲時勢所趨，必須再吸收新的民間小調，做爲新陳代謝的材料。
2. 它同時繼承了中國的唐詩、宋詞、元曲，以及所有各時代的歌舞、說唱（曲藝）音樂形式，取其精華，去其荒蕪。
3. 傳奇繼承了南北曲，又旁收民間小調而自成一格，傳奇曲譜佚傳了，但繼承傳奇的嫡系子孫──崑曲的軀體中，不正流著傳奇的血液嗎？（見六十三年八月中華版史惟亮「音樂向歷史求證」，頁43）

我們以爲研究中國韻文的先決條件之一是：要對國樂有所了解。自「作詩以明志」後，雖然詩與樂不再結合在一起，但其間仍是息息相關，是以劉若愚在「中國詩學」尾聲裡說：

在中國，詩對音樂和繪畫發揮了比在西方更大的影響；這點可以從許多中國的歌和繪畫在概念上是詩的而不是音樂的或繪畫的這個事實中看出來。認爲中國詩是中國文化的主要精華之一，也是中國精神的最高成就之一，並非誇大其辭（見幼獅版，頁256）

一般說來，就古典美文而言，詩與歌之關係是不容置疑的，但自新詩興起後即開始動搖，尤其自現代派崛起後，更遭受到嚴苛的指責。紀弦在「新現代主義之全貌」裡說：

詩是不唱的，而唱的是歌。
詩是文學；歌是音樂。
詩是少數人的文學；歌是大眾化的。
詩人是詩人，歌謠作者是歌謠作者。詩人而撰歌詞，寫童謠，乃至於採取民間形式，製為山歌、民謠之類，以供社會教育、政治宣傳或其他方面的需要，這祇是一種服務性的、功利性的附帶工作，而非其本位的、主要的任務。

但是一個單純的歌詞作者，一個單純的童謠作者，一個單純的寫山歌、民謠的，則不得稱之為詩人。（見天視版「當代中國新文學大系」〈文學論爭集〉，頁137-138）

又白萩於「從新詩閒話到新詩餘談」一文中說：

（一）詩歌結合是因人類語言超於文字傳遞功能的產物。

（二）從韻文時代中解放出來的散文時代是基於印刷術發達的結果，是人類文化更進一步昌盛的先兆。

（三）詩離歌而獨立，在藝術上說，是詩藝術極珍貴的解脫，在傳遞功能上來看，可由印刷術取代音樂。（同上，頁106）

又余光中於「文化沙漠中多刺的仙人掌」一文也說：

第一，我們認為詩並不是純粹感情之發洩，它所蘊含的意境也不完全是「可歌可泣」的動人場面。我們認為詩中的許多思想性、神秘感，許多維精維妙的意象，是不能，也不必「被以金竹管絃」的；詩除了在感情上刺激並滿足讀者外，還有很寬廣的天地讓讀者去潛思冥想，與作者意會神合，而以提高讀者的境界，變化讀者的氣質終。是以我們認爲詩對讀者，應該啓示多於感動，華茲華斯所謂「深到非淚水所能探測的思索」，正是詩應該啓示給讀者的東西。雖然如此，我們並無詩可以不要音樂性的意思；祇是和言曦先生恰恰相反，我們以爲詩的音樂性潛伏於字裡行間，因意義與節奏的恰如其分的融合而迴盪，與其說訴諸肉耳，不如說更訴諸心靈。「手揮五絃」的音樂易聞，「目送歸鴻」的音樂卻難捕。希臘古瓶的圖案沒有音樂而令人有音樂感，濟慈乃說：「聽見的音樂很迷人，未聽見的音樂更迷人。」我們完全同意老子道德所說的「上學以神聽之，中學以心聽之，下學以耳聽之」的理論。第二、我們以爲詩是詩，音樂是音樂，詩之偉大處在於以詩之所以爲詩去啓示讀者，而不假音樂的感染性以增加其號召力，正如海登的交響樂之所恃以感染聽眾者是其古典的諧和之音而不是「時鐘」或「軍隊」的文學性質之聯想。事實上，聽歌者未必能曉歌詞，更吸引他的是歌而非詩，這種光榮一大半要歸之於音樂，而詩不與焉。（同上，頁79-80）

所謂現代派以後的現代詩主智斥抒情，他們反對詩與歌的結合，而上述所引白萩、余光中之文乃針對言曦的文章而發，言曦於「新詩閒話」一文裡說：

> 詩必須是與多數人心靈相通而且是能夠集體感受的藝術，故論語謂：「詩可以群，可以怨」，而群眾與詩接觸的程度，亦視其音樂的成分而定。最低的層次是「可讀」，再上是「可誦」，最上一層是「可歌」。可讀意指差能琅琅上口，無所蹇礙，可誦則是以自由創作的聲調諷詠呻吟，是一種「高度的讀」，可歌則必譜之於曲，被以金竹管絃，詩原起源於語言與音樂的結合，故音樂的成分愈多亦愈能感動更多的人。造境至美亦可稍疏於琢句，琢句至工亦可稍疏於協律。但卻不能完全置琢句協律於不顧。有詩境而沒有精鍊且富音樂性的句子，那祇是「詩的散文」，音韻協調而沒有詩意，也祇是曲文鼓詞。如果在這樣的尺度鑒裁之下，至少有一部分韓愈、黃庭堅的詩（尤其是宋以後的說理詩），是不應該稱爲詩的，辛稼軒、劉過有幾首詞也不能算是詞的。摹擬法國象徵派的作品，未必爲詩，亦未必不爲詩。亦當置於平等的尺度下，辨彰眞僞，而無取於派別的衡鑒。認爲凡是屬於某一派的都是詩，而外於某一派的即陳腐落後，堂室未安，而自高其門户，徒局限自己的境

界而已。（同上，頁42-43）

詩與歌的爭論，如今已平息，以下試再引述兩人的話，以作爲本小節的尾聲。梁啓超於「中國之美文及其歷史」裡說：

韻文之興，當以民間歌謠爲最先，歌謠是不會做詩的人（最少也不是專門詩家的人）將自己一瞬間的情感，用極簡短自然的音節表現出來，並無意要他流傳，因爲這種天籟與人類好美性最相契合，所以好的歌謠，能令人傳誦歷千年不廢。其感人之深，有時還駕專門詩家的詩而上之。詩和歌謠最顯著的分別，歌謠的字句音節是新定的或多或少，或長或短，都隨一時情感所至，盡量發洩，發洩完便戛然而止。詩呢？無論四言、五言、七言乃至楚騷體，最少也有略固定的字數句法和調法，所以詞勝於意的地方多少總不能免。簡單說，好歌謠純屬自然美；好詩便要加上人工的美。

但我們不能因此說只要歌謠不要詩，因爲人類的好美性決不能以天然的自滿足，對於自然美加上些人工，又是別一種風味的美。譬如美的璞玉，經琢磨彫飾而更美。美的花卉經栽植布置而更美。原樣的璞玉花卉，無論美到怎麼樣，總是單調的，沒有多少變化發展。人工的琢磨彫飾栽植布置，可以各式各樣月異而歲不同。詩的命運比歌謠悠長，境土比歌謠廣闊，都爲此故。後代的詩，雖與歌謠畫然異體，然歌謠總是詩的前驅。一時代的歌謠往往與其詩有密切的影響，所以歌謠在韻文界的地位，治文學史的人首當承認。（見六十一年三月中華台一版「飲冰室專集」冊五，頁1-2）

又徐哲萍於「中國詩哲學的探究」一書裡說：

詩歌自古連體，詩即歌詞。可惜今天的新體詩，不但內容晦澀難以詠唱，而且因爲忽略了詩的節奏聲韻以致不能配譜，結果詩歌完全分了家！當然，我們也不能說每一首詩都可以配譜，但至少應該有一些可以配譜，使今天的詩人也和過去的詩人一樣，能提供他的詩作爲歌詞。並且，可以入譜的詩在美學心理上也是比較能受讀者歡迎而一再吟詠的作品。詩歌有一新的契合，也是筆者的一項願望。並且也不只是一項呼籲，筆者個人也有一些參與。詩與音樂，必將會有新的蜜月，願靜待它們的好消息。（見六十六年八月德華版，頁106）

引申言之，詩注重的雖然是內容，而音樂亦早已獨立，但兩者仍然可以合作，楊弦以後的校園歌曲，即是明顯的例子，而余光中詩風也走向更平易近人的民謠風（詳見六十三年三月志文版陳芳明「鏡子和影子」裡「冷戰年代的歌手」一文），而今年六月十七日聯合報副刊，有一篇「水調歌頭」，副題為「詩與歌之夜」，其中出席的有羅門、張默、洛夫等現代詩人，他們已不再堅持「詩是詩，歌是歌」。由此，我們相信，與其稱為「詩」，不如稱為「詩歌」，因詩歌一詞，既可見詩歌韻文的源流，更可見中國詩歌韻文的特質所在。持之，若說兒童詩是從兒童詩歌中脫穎而出的一種新興文學，那麼這種近乎自抬身價的本位主義的藝術論，其忽略處有：

1. 未能了解藝術起源與兒童之關係。
2. 未能了解兒童的閱讀心理。
3. 未能了解兒童詩歌的特有對象。
4. 未能了解兒童詩歌的特質所在。

參、兒童詩歌

時下對兒童詩歌一詞，習見的用詞有：

童詩

兒童詩

兒童詩歌

個人以爲「兒童詩歌」一詞較爲合適。兒童詩歌一詞疑爲王玉川先生首先採用，他在「談兒童詩歌」一文裡說：

> 首先我得把「詩歌」這兩個字的意思確定一下。照我的理解，「詩歌」並不是兩種東西，我們以爲「詩歌」和「詩篇」一樣，都是指的「詩」。爲什麼不單說「詩」而說「詩歌」或「詩篇」呢？這是中國語言進化的一種新趨勢—由單音詞變爲複音詞。例如「窗户」只是窗，並不是「窗」和「户」，「眼睛」只是「眼」，並不是「眼」和「睛」。同樣，「詩歌」只是「詩」，並不是「詩」和「歌」。如果有人不同意我這個解釋，那也沒有關係。至少這可以表明我這篇文章的範圍；只談「詩」不談「歌」。（見五十四年四月小學生雜誌社「兒童讀物研究」，頁*153*）

個人認爲今日的兒童詩歌，理當包括「兒歌、童謠」等歌謠在內，因此所謂的兒童詩歌，亦當收容音樂性較高的「歌謠」在內。今日討論兒童詩歌的人，卻很輕易的把「兒歌」、「童謠」摒棄於門牆之外，他們是以所謂的純詩爲主。兒童詩歌因對象、種類、理解程度之不同（詳見王玉川「談兒童詩歌」一文），而與成人詩歌有所不同。申言之，兒童詩歌未必具有文學價值（指兒童本身的創作），而有沒有文學價值也不是提倡兒童詩歌的本意，我們認爲兒童詩歌猶如兒童畫、兒童音樂，其目的乃在啓發兒童的才能爲主。持此，兒童詩歌若以兒童寫作而論首當注重的是：

要寫出美麗的想像。

要寫出動人的情意。

其他。（見六十六年十一月黃基博自印本「怎樣指導兒童寫詩」，頁62）

若以成人的創作而論，則當注重的是：

遊戲情趣的追求

不違反教育原則

所謂不違反教育原則，尤其是文學教育本身，我們布望兒童從詩歌閱讀中，最少能學到詩歌的形式、遣辭、造句等基本的與正確的知識。

肆、兒童詩歌的分類

兒童詩歌的分類，因人而異，有就作者、體裁、內容而分，亦有就年級、功用而分。事實上，分類有時徒增困擾而已。關於兒童詩歌的分類問題，徐守濤於「兒童詩論」一書裡，曾就以上各觀點詳加以分類，並加以申論說：

> 兒童詩的分類很多，各種分法都有它的特色，在各種不同的分類中，都可以給我們一種明確的認識；按作者分的詩，以成人部份而言，可以給予兒童一種示範。兒童部份，則可以作爲鼓勵兒童創作的精神支柱。按體裁分的詩，可以使兒童了解詩有多種的表現方式，只要心有所感，就可以藉不同的方法，表現出心中的感受。按年級分的詩，我們也可以作爲挑選作品給兒童閱讀的參考，讓兒童在欣賞之餘，激發起創作的興趣。按內容分的詩，也可以使

兒童拓寬視界，充實他們創作的題材。按功用分的詩，更可以傳達我們所需要達成的目標。所以無論那一種的方法，都各有長處，在指導兒童創作，欣賞時，均可按照我們的實際需要，加以運用。（見六十八年元月東益出版社「兒童詩論」，頁66）

時下流行的分類是以作者爲主，如此可涵蓋較多的作品，亦能拓展兒童詩歌領域。試分述如下：

1. 兒童寫的詩　兒童寫詩歌，大概從民國五十八、九年間，黃基博先生在屏東仙吉國小指導兒童寫詩歌開始。這類的詩歌重在兒童能抒發自己的感性，訓練自己創作的能力。如趙天儀編的「時鐘之歌」（六十八年元月牧童版）、陳千武編的「小學生詩集」（六十八年八月學人文化事業有限公司）

2. 成人爲兒童寫作的詩歌　成人爲兒童寫作的詩歌是目前兒童詩歌的主流，他們是根據兒童文學理念而創作的。重在才能的啓發，具有創作、示範、欣賞等作用。故成人寫作兒童詩歌，是一件嚴肅的工作，尤其不可忽略的，是兒童詩歌對兒童的人格形成教養有可能發生的影響。

3. 適合兒童欣賞的詩歌　適合兒童欣賞的詩歌，嚴格說來，是不屬於「兒童詩歌」的範疇，但以「適合兒童欣賞」這個觀點而言，它不僅是兒童詩歌的一種，更可以說是我們兒童詩歌的一項大資產；它不僅存在於五四以來的新詩之中，也隱藏於我國古典詩、詞、歌謠裡，值得我們挖掘、整理，如黃詔年編的「孩子們的歌聲」（東方文化書局版）、喻麗清編的「兒歌百首」（六十七年八月爾雅版）、嚴友梅編著的「兒童讀唐詩」（出至第二冊，六十九年一月大力版）、張水金編選的「少年詩詞欣賞」（六十七年四月國語日報版）等書皆是從傳統的資產中選輯出來，又如林煥彰編的「童詩百首」（六十九年三月爾雅版），其中如「方思」、「李冰」等人的作品，乃是取資於新詩。這種適合兒童欣賞的詩歌，重在培養兒童的詩歌傳統，及提高兒童欣賞的能力。

又如以形式分，兒歌或童謠自有其規範。至於兒童詩則可以羅青的分類為依據。其間分段詩似乎不適於兒童。

第五章 兒童詩歌的特質

我們認為兒童詩歌是從新詩發展出來，而新詩又根植于傳統，是以在討論兒童詩歌的特質之前，必先對詩歌的特質有所了解。

第一節　詩歌的特質

詩的不同於散文，在聽覺上的感受。這種聽覺上的感受是在詩的音樂性。而詩的音樂性是指詩的語言讀起來具有自然美感的要素。因此我們可說詩歌的特質，在於它的音樂性。這種音樂性又根植於中國語文的特性及詩歌、舞蹈、音樂同源的基礎上。

所謂音樂性，即是說它具有音樂上的某一方面的效果而言。首先略述構成音樂的要素。

壹、音樂的要素

案音樂有四種基本的要素，即節奏、旋律、和聲、音色。作曲家用這四種要素來寫作音樂，猶如其他藝術家借各自所據的素材去從事創作一樣。試略述如下（以下所述以五十四年九月樂友版「怎樣欣賞音樂」爲主）：

一、節奏（Rhythm）　大多數歷史家們都同意，倘若音樂可開始於任何一點，則它應該是開始於「節奏」的敲擊。一個眞正的節奏，其效果會立即並直接的傳到我們的身上，使我們意識到它的原始所在。如果我們有任何理由去懷疑自己這一方面的直覺，那麼未開化民族的音樂就可提供參考。我們可以說，古往今來的音樂，幾乎是全由節奏一項組成，而其複雜的情形，往往也令人驚歎。這不僅音樂的本身可以說明，同時在節奏工作中某種形式的密切關係，以及身體的動搖與基本節奏間的自然結合裡，均可獲得更進一步的證實。由此看來，節奏確是音樂藝術中的第一要素。

只有一個音不能成爲音樂，音樂至少是由許多長短强弱各不相同的音，一再地出現所組合起來的。這種一再地出現就是節奏；長短强弱各不相同的音，一再地出現，就是音樂的節奏。節奏是只論强弱、長短，而不論高低。所以任何連續或間斷的音，不論有無高低，一律用一種平的聲音唱出來，就是它的節奏，節奏可以合拍子，也可以不合拍子，但音樂的節奏幾乎都是合拍子的，不合拍子的很難記載、表示。

申言之，節奏即是指音樂的抑揚緩急而言。音樂之節奏有二：一爲長音與短音交互而起的節奏；一爲强音與弱音反覆而起的節奏。音的長短强弱，理論上雖是兩種不同的因素，但實際上長音往往產生强音；短音往往產生弱音，二者相輔相成。又節奏有正規節奏與不正規節奏。前者是指小節內的强拍位置爲長音時，而弱拍位置爲短音時，謂之正規節奏。反之謂不正規節奏。音樂中，正規節奏固佔優勢，但不正規節奏亦屬必要。

二、旋律（Melody）　亦稱曲調，在音樂的世界裡，旋律是僅次於節奏的第二項重要元素。設若在我們的想像中，節奏的觀念是與生理的動作相連繫，那麼旋律的觀念便與精神的情緒相關連。這兩項基本要素所加諸我們的影響，同樣都是神奇莫測。我們知道，節奏是只論强弱長短，而不論高低；而旋律即是節奏加上高低。申言之，單音之連續進行謂之旋律。旋律進行時，必須包含高低、長短、强弱等變化，始得圓順而流暢，優美而動聽。

三、和聲（Hamony）　和聲與節奏及旋律比較之下，和聲是音樂這三大要素中最玄妙的一項。當我們想及音樂時，常會習慣地想到「和聲音樂」這一名詞，但和聲在與其他要素一起時，我們似乎忘記了它是最近才發展而成的。節奏和旋律是人類與生俱來的，而和聲則是從智慧的觀念裡逐漸演進成功的。它無疑是人類的心靈中最原始的觀念之一。所謂和聲，即是指二個以上高低不同的樂音和在一起同時響。兩個以上高低不同的音和在一起同時響，可能諧和，可能不諧和；如果諧和，那麼將給人和平、撫慰、充實、滿足之感；如果不諧和，則產生尖銳、緊張、磨擦、衝突的感覺。又，相同的音色和在一起響時，會有更加響亮感；不同的音色和在一起響時，則綜合成一種新音色，變化更多。和聲的誕生大致是在第九世紀時。長久以來，人們所聽的音樂，不論是人聲唱的，樂器奏的，全是單一的旋律，於是有人開始嘗試使兩個有相同節奏的不同旋律同時進行演唱或演奏，結果得到了新鮮美妙的效果。最初同時進行的兩個旋律彼此都很相似，後來就漸漸的不同，但人們覺得更好聽。同時進行的旋律陸續增加到五個、六個、七個……，人們的耳朵實在忙不過來，結果，一個也沒聽進去。於是多旋律的音樂有了改革，由於人們既喜歡較熱鬧複雜的音樂，又只能注意其中的一兩個旋律，改革的方向就針對這個重點。結果，新改革的音樂，仍然是多旋律同時進行，但不是每個旋律都有特色，而是只保持其中的一兩個旋律爲主旋律，其餘的旋律都作爲陪襯。在這種新結構的音樂中，主旋律被安排得明顯、突出、有特色，很容易、很自然的可以聽出來，其他的旋律，則有意安排得不明顯而又能和主旋律配合得很好，使主旋律不會覺得孤單。由於這種音樂普遍受人歡迎，從此成了音樂的主流，這樣的音樂就叫做和聲音樂。

四、音色（Timbre）　天底下，每一種聲音都各有各的特色，也就是說，天底下各種聲音都有不同的音色。在音樂中，音色有很奇特的力量。它是靠那些特殊的音之色彩才能存在的。音樂中的音色類似圖畫中的顏色，它是一種迷人的要素，不僅由於它具有已經開拓的廣大資源，同時也因爲它有著無限前途的可能性。

音樂的音色，乃是樂音所由出的特別媒介產生的音響素質。天賦每人有區別音色的能力。同時音色給人的感受是相當深刻的，因此，聰明的聽眾對於音色一道，應抱有兩個主要的目的：

(1)加强自己就各種不同樂器及其個別音調特性的認識。

(2)增進對作曲家使用一種或多種樂器以表達情感目的的欣賞力。

貳、詩歌的特質

詩歌的特質在於音樂性，而這種音樂性的形成，乃是由於語言本身特性及其起源所致。以下試說明語言的音樂性，或稱爲語言的音律。我們知道，無論任何人在說話的時候，都不是把要說的話一口氣地（不分高低、不停頓）說完的；也不是按照音節一個一個死板的讀出來的，而是要有適切的停頓或間歇，配以適當的高低抑揚，把話分成若干小的段落，很有節律地說出來。這種適切的停頓和間歇，不完全是標點符號斷句的地方，而且每個說話的人所停頓的地方，可能不完全一樣，但說話必須有適切的停頓和間歇，再配以抑揚頓挫，把它生動地表達出來，這就是語言的音律。形成語言音律有兩個重要原因：

⑴生理上的需求要有音律。

⑵語義上的需求要有音律。

形成語言音律的語音因素有四種，一是音的高低升降，簡稱為「音高」；二是音的長短斷續，簡稱為音長；三是音的強弱輕重，簡稱為「音強」；四是音的質素和個性，簡稱為「音色」。依序分述如下：（以下所述參見六十七年十一月東大版謝雲飛「文學與音律」一書裡「語言音律與文學音律的分析研究」一文，頁1-30）。

一、音高　音高是指聲音的高低，從物理學的角度來看，在一定的時間，音波數或發音體的顫動數不一樣，就會產生音高的不同。音波或發音體顫動數多的，音就高；反之，音就低。在每秒內能發生的音波數，或發音體的顫動數，叫「頻率」。中國語言的高低律，前人似乎都忽略了，現代語言學者才見出它的重點。劉復以為高低是四聲的最重要分別，甚至於是惟一的分別。四聲有高低的分別是不成問題，問題是高低的測定，四聲高低難測定，不但因為各地發音不同，尤其因為每聲在它的習慣的音長之內，不能維持一律的音高，有時前高後低，有時前低後高，有時起伏不定，據趙元任的「國音新詩韻」，五聲的標準讀法如下：

陰聲高而平。陽聲從中音起，很快地揚起來，尾部音高和陰聲一樣。上聲從低音起，微微再下降些，在最低音停留些時間，到末了高起來片刻就完。去聲從高音起，一順儘往下降。入聲和陰聲音高一樣，就是時間祇有它一半或三分之一那麼長。（據五十一年九月正中版朱氏「詩論」，頁 *151* 引）

又今日國語記錄聲調，最實用的辦法是採用趙元任先生的五制度，最低音為 *1*，最高音為 *5*，四聲調值為：陰平 55：；陽平 35：；上聲 214：；去聲：51：。四聲是利用嗓音高低的音位來辨別字的異同，故在音位上的辨義價值極高，除此之外，大部份的語言更利用音高的變化，來表達不同的感情；同時利用音高適切調配而使形成音律上的高低升降之美。

二、音長　音長就是發生在時間上的長短，也就是發一個音素時所經歷的時間之久暫，語音的長短與發音器官緊張時間的長短有關，在一般的語言裡，輔音的音長都沒有辨義作用，因此同一因素的輔音之長短就沒有音位上的分別，而元音則有長短之別。中國語言裡，四聲顯然有長短的分別，國語裡，三聲就比其他聲調略長。清初顧炎武在音論卷中裡說：

平聲最長，上去次之，入則詘然而止，無餘音矣。（見廣文影印版「音學五書」平裝冊一卷中，頁12）

元音的長短既有區別，則它在「辨義」上就必發生作用，而在文學語言的表現上，也就必會發生長短調配以成音律的現象了。

三、音强　音强又稱音重或音勢，指的是聲音的强弱或輕重；通俗些說，也就是指發音時用力的大小，用力大則音强而重，反之就弱而輕。聲音的强弱或輕重表現在於音波振幅的大小上，强音振幅大，弱音振幅小。前人分別四聲，大半著重輕重或强弱的標準。明釋眞空玉鑰匙歌訣：

平聲平道莫低昂，上聲高呼猛烈強，去聲分明哀遠道，入聲短促急收藏。（據六十八年元月啓業版「新修康熙字典」下冊附表七「四聲韻目對照表」引，頁268）

又顧炎武在音論卷中裡也說：

> 其重其急則爲入爲上爲去，其輕其遲則爲平。（廣文影印版「音學五書」册一卷中，頁10）

四、音色　音色又稱音質，指聲音的質素或個性來說的。音色的差別與發音體、發音的方法、發音體所具的發音狀況有關。

以上所論是就單字本身而言，我們知道中國語言要皆是屬於單音節的孤立語，就語音而言有四聲之論，四聲之說，始自永明。但我們也知道所謂四聲平仄並非單純的強弱高低、長短、音色所能解釋的，而是綜合四種因素所形成的。當然我們的語言特質是單音節，而在詩的語言卻不可能是獨立的，它必須與其他若干語言組成一組而成句，由是因單音節而產生聲律。因單形體而形成對偶。如此因語言的特質，再加上聲、韻、句型與頓之錯綜組合，便構成我國詩詞韻文學的內外形式。而其特質即是所謂的音樂性。詩、音樂、舞蹈出於一源，它們共同的命脈是節奏，在原始時代，詩歌可以沒有意義，音樂可以沒有旋律，跳舞可以不問姿態，但都必須有節奏。後來三種藝術分化，每種均保持節奏，但於節奏之外，音樂盡量往「旋律」

方面發展，跳舞往姿態方面發展，詩歌往文字意義方面發展。我們知道，語言文字本身雖具有音律，而詩歌亦與歌舞同源，但我們可以肯定的是：詩歌的音樂性，主要在於節奏與音色而已，尤其明顯的是節奏。事實上，它不能具有音樂上眞正的旋律與和聲的效果。

詩詞韻文學的音樂性主要是表現在節奏上，而節奏則表現在格律上，是以論詩詞韻文學的音樂性的規律，稱爲格律，一般分爲明律與暗律，或稱人工音律與自然音律。丁邦新於「從聲韻學看文學」一文裡論明暗律說：

> 從聲韻上說，中國文學中有兩種規律，一種明律，一種暗律。明律用在詩、詞、曲方面，明白規定一首詩或詞有多少字，哪些字該是平聲、仄聲，甚至更清楚在規定某些字該是上聲或去聲。這種明律是創作者每一個人都要遵守的，如不遵守就是不合律。規律太嚴格難免使創作的形式顯得呆板，所以就有拗救、襯字等辦法作爲補救。這些辦法慢慢形成明律的變則，也可以說是明律的一部分了。
>
> 暗律是潛在字裡行間的一種默契，藉以溝通作者與讀者的感受。不管散文、韻文，不管是詩是詞，暗律可以說無所不用。它是因人而異的藝術創作的奧

秘，每個作家按照自己的造詣與穎悟來探索這一層奧秘。有的人成就高，有的人成就低。（見六十四年六月「中外文學」第四卷第一期，頁131）

以下試以曾永義「影響詩詞曲節奏的要素」（見六十五年九月聯經版「說戲曲」，頁245-282）一文爲主，略述人工音律與自然音律以見詩詞韻文學的音樂性的形成因素：

甲　人工音律的因素

分聲調、韻協、句式三方面來討論其對於詩詞曲音樂性的影響。

一、聲調　我國聲調分平上去入四聲，自沈約起有所謂四聲八病之說。八病的前四病（平頭、上尾、蜂腰、鶴膝）即是指聲調之病而言，就語言音律而論，四聲具有高低、強弱、長短等要素（外加音色則有四），而一般人認爲四聲由其平與不平而分爲平仄兩類。因此詩詞曲所講求的平仄律就在運用聲調的平與不平，而產生了音樂性的效果。聲調間的組合，由於其升降幅度大小長短變化的異同。便會產生不同的音樂性效果。如：

卑官（平平）卑鄙（平上）卑劣（平去）卑職（平入）

保鏢（上平）保管（上上）保護（上去）保結（上入）
被單（去平）被洒（去上）被動（去去）被服（去入）
北方（入平）北里（入上）北面（入去）北極（入入）

由右例可見同聲調的組合：平平，有平舒之感；入入，有激促之感；去去，有勁切之感。而上上連用，則由於其升降幅度及長度在有限的語言段落裡，曲折變化過甚，語言無法將其正確的聲調傳達出來，所以必須將其前字變調；也因此上上連用，便成了詩家的忌諱。至於不同聲調的組合：大抵鄰近的兩個聲調，如平上、上平、上去、去上、去入、入去比較合諧，而尤以上去、去上最為美聽，故詞曲中的務頭主腔，往往施之。不相鄰的兩個聲調，如平去、平入、去平、入平則顯得率切。上入、入上，由於上聲先抑後揚的特質，故尚稱諧美。申言之，由於四聲具有長短、強弱、高低等特質，所以在韻文學中，如果巧爲運用，便會產生極爲諧美的音樂性效果。楊國樞先生曾從實驗心理學的觀點考察「中國舊詩平仄排列與快感度的關係」（見六十三年十二月晨鐘版「心理與教育」，頁59－72）他的結論是：

1. 不同的平仄排列，可引起不同的快感，換言之，快感度是平仄排列種類的函數。

2. 在所有的材料範圍內，大體言之，古人採用過的平仄律都有較大快感度，此等平仄排列過去所以被採用與保留，可能原即取決於此。

3. 在古人未曾採用的平仄排列中，亦有與被採用過的平仄格律有相等的快感度者。爲減少「因斟酌字音平仄是否合律而有損詩意」的困難，吾人實可採用此等新的平仄排列。（頁72）

二、韻協　四聲八病裡的「大韻」「小韻」「旁紐」「正紐」即指用韻之病而言。韻協是運用韻母相同，前後複沓的道理，把易於散漫的音節，藉著韻的迴聲來收束、呼應和貫串；它好比貫珠的串子，有了它，才能將顆顆晶瑩溫潤的珍珠，貫穿成一串價值連城，與美人相得益彰的飾物。朱光潛曾說「中國詩的節奏有賴於韻，與法文的節奏有賴於韻，理由是相同的，輕重不分明，音節易散漫，必須藉韻的迴聲來點明、呼應和貫串。」（詳見五十一年九月正中版「詩論」中國詩的節奏與聲韻的分析〈下〉—論韻，頁177-178）

韻協對於詩詞曲音樂性的影響，可以從下列幾方面來觀察：

1. 韻腳的聲調　這又可以分成兩種情形：一是四聲分押；二是平仄通押。四聲分押的情形，大抵押平聲韻的聲情較爲平舒，押上聲韻的聲情較爲抑揚，押去聲韻的聲情較爲勁切，押入聲韻的聲情爲通峭。平仄通押的情形只見於詞曲，那些韻腳該用平聲，那些該用仄聲都不能隨便，但由於打破平仄的界限，無形中韻部的範圍加寬，抑揚變化，較合乎自然的語勢。詞中平仄通押，只有少數調子，曲中則比比皆是，所以曲比詞更接近自然的口語。

2. 韻腳的疏密　韻腳的布置有均勻與疏密之分，大抵用韻均勻的，音樂性的急徐較爲合度；用韻過疏的，音樂性較爲弛緩；用韻過密的，音樂性較爲快速。這種情形習見於詞曲，因爲詩只有極少數是句句押韻，或三句一韻；通常總是隔句押韻。

3. 韻協的轉變　近體詩和曲都限於一韻到底，古體詩和詞都可以轉韻。一韻到底的，聲情較單純；多次轉韻的，聲情較曲折。

4. 句中藏韻　所謂「藏韻」，即指韻腳之外，在句中音節停頓處的「韻字」。由於這種韻字的出現，使得本來一氣可以呵成的句子，產生破折的現象。這種情形只在詞曲中故意安排。如果是詩中，便成了「疊韻雜句而必睽」的「蕪音累氣」了。

三、句型　楊國樞先生從實驗心理學的觀點，實驗「中國舊詩每句字數與快感度的關係」（見晨鐘版「心理與教育」，頁49-58），他的結論是：

1.中國舊詩每句字數與其快感度間確有函數關係，亦即每句字數不同，所具有的快感度亦異。

2.在所用的九種字數中，五言有最大快感度，三、四、六與七諸言次之，八、九及十諸言又次之。二言則與其他諸言皆無快感之差異。（頁57）

而我國詩詞曲每句的字數，大致上是以五、三、四、六、七言爲之。句子的形式（不論是五、三、四言或是六、七言），有意義的形式和音節的形式二種。意義的形式要求變化，結構才靈動活潑，才不致於犯上「合掌」刻板的毛病。而就音節來說，則有單、雙二式。單式先抑後揚，故聲情健捷激裊；雙式先揚後抑，故聲情平隱舒徐，句式單雙的配合，是詞曲以聲調之長短快慢見節奏之抑揚頓挫的要素。一調如純用單式句，則節奏顯得流利快速；如純用雙式句，則節奏顯得重墜緩慢；單雙式配合均勻，則節奏屈伸變化，韻致諧美。兩調字數如果相近，則單式句多者，節奏較快；雙式句多者，節奏較緩。

另外關於句式，還有一種叫做「領調字」，如柳永八聲甘州「對瀟瀟暮雨灑江天」的「對」字，具有貫串語勢的作用。

乙　自然音律的因素

所謂自然音律是指人工音律以外，完全訴諸於感悟，只要能使文辭「口吻調利」、「滋潤婉切」的音律，就叫自然音律，試分述如下：

一、雙聲疊韻　雙聲是指聲母相同的字，疊韻則指韻母相同的字；聲韻學上同聲組的都屬雙聲，如清秋、綠柳等。同韻部的都屬疊韻，如高鳥、窈窕等。雙聲給人的感受是和諧而快速，疊韻給人的感覺則是優美而和緩。也因此雙聲疊韻的運用，歷代有之。

二、疊字襯字　疊字是衍聲複詞的一種構造方式，因爲它是單音節的延續，所以它的音聲長度比起兩個異字所構成的複詞要來得短暫，它的節奏就顯得快速。李清照「聲聲慢」，開首連用七組疊字衍聲複詞。襯字一般說來只見於曲中，是在不妨礙腔格節拍的情形下，於本格正字之外所添出的若干字，因其較之本格正字，只佔陪襯、襯托的地位，故稱襯字。考襯字多用意義較輕、音樂較快的虛字以作轉折、聯續、形容、輔佐之用，故能使凝鍊含蓄的句意化開，變成耳聞即曉的話語；同時它又加長了原有的語言長度，使語勢波浪起伏，造成了流利爽快或頓挫曲折的情致。

三、拗句　所謂拗句是指不合平仄律的句子。近體詩中的拗句，後來慢慢發展成各種補救的辦法，有本句自救和隔句互救兩大類，即所謂拗救。它們雖屬拗句，但既有規則可循補救，則事實上已成爲人工的音律。詞曲音律較爲謹嚴。如果平仄失調，上去誤用，便詰屈聱牙，唇脗偏差。故詞曲不許失律，更無拗救。但詩歌早脫離音樂，故有些詩人故意不守平仄，目的在藉拗句以使聲情變化。

四、選韻　每一個韻都有其特質。因爲韻部包含介音、元音、韻尾、聲調四個因素，介音有開合洪細，元音有前後高低，韻尾有有無與舌尖、舌根、雙唇、鼻音及塞音之別。如果韻部運用得當，可以强化意象，增進情趣，所以選韻對作詩、塡詞、製曲相當重要。

五、意象的感受　語言音律裡，音高、音强事實上不易把握，只能訴諸對詞意的感受。感受不同，則高低强弱有別，蓋意象感受鮮明，則注意力集中，聲音自然隨之而高而重；意象感受模糊，則聲音也自然隨之低而輕。同時一個字因其所處的地位和表現意義的分量不同，則其聲音的高低、長短、强弱也有所差異。所以意象的感受所產生的節奏，恐怕是最玄妙的自然音律。

第二節　兒童詩歌的特質

兒童詩歌的特質仍是音樂性。語言音律已如前述。我們知道，詩、音樂、舞蹈在起源時他們是三位一體的混合藝術。意義、聲音、姿態三者互相應和，互相闡明，三者都離不開節奏，而重要的是我們知道兒童與藝術有關，其關係乃是建立在兒童的遊戲上。遊戲可應用於兒童的一切活動，而這一切活動理當是自主自發的。雖然遊戲說不能確定藝術的起源，但它卻間接的肯定兒童遊戲與藝術的相關性（詳見六十四年四月「台東師專學報」第三期拙著「兒童文學製作之理論」第五章「兒童與藝術」，頁17－18）。因此我們可以說所謂兒童詩歌乃是兒童的遊戲方式之一，其特質更應當是在於音樂性，進而能使詩歌、音樂、舞蹈合一，而達唱遊遊戲的效果。

我們認爲兒童詩歌近承新詩，今日的新詩其產生音樂性的要素自然有異古詩詞曲，這種的改變源自於詩體的解放，以下試就詩史發展以觀影響音樂性的體製上之沿革，以作爲今日新詩、兒童詩歌的借鏡（以下所述請詳見六十五年十月巨人出版社「詩學」第一輯盧元駿「從詩史發展論現代新詩」一文，頁75－76）：

一、句型　自詞開始，句型的變化多種；曲的形式，更因加了襯字，變化愈多。因此當前新詩的句型，是更應曲加變化，如三字句，應分上一下二，或上二下一，四字句仍應分上二下二；上一下三；下三又分上一下二，或上二下一，餘比照上項分析加以類推。

二、句法　自詞開非整言詩的體裁以後，句法便成長短不一。曲因加襯字，長短不一的情形更甚；因此當前新詩更應是長短不一的。其實最早的歌謠，其句法即長短不一，長短不一的句法，乃是當前詩史發展的趨勢。

三、聲律　自唐詩開始，詩之四聲，較之詩經、楚辭、樂府的要求，規定已見嚴整，至詞而愈甚；至曲而更甚。一字的平、上、去要分；一字的陰陽也要辨。這種嚴格的限制，眞使作者難於落筆，無怪乎今日作曲的人士比較少，也可能是原因之一。而實際上我們細查前人的作家，也只能平聲辨陰陽，仄聲分上去，而求上去分陰陽者亦不多見。因此當前新詩的聲律，只要能明辨國音陰平、陽平、上、去四聲便可掌握聲律的運用了。

四、韻律　韻律的發展，是愈近愈寬，唐詩之韻，是四聲分別；詞韻則上去相通，平入分列；曲韻則平上去通協；入聲則派入三聲中，這種演變，當然是隨著時代的口音演變而來。而我們細審今天的國音，入聲已全部融入其他三聲中去了，只分陰平、陽平、上聲、去聲，仍是共爲四聲，這是韻律發展的自然趨勢，是莫可違反的。因此當前「新詩」的協韻，應是四聲（陰平、陽平、上、去）通押，而以國音編成之中華新韻爲準。因此當前新詩雖然不贊同協韻，但我們認爲至少不反對押韻，至其協韻，應是四聲通用。而兒童詩歌更當以押韻爲主流。

申言之，中國韻文的發展與蛻變，皆與音樂有關。有了新的音樂，同時就有新的詩體產生，新的詩體也借著新的音樂而廣爲流傳。三百篇的詩多半是合樂的，漢魏六朝的樂府詩，唐的律詩、絕句，宋的詞，元的曲，莫不如此。而新詩與音樂從頭就分了家，這對音樂是損失，對新詩是更大的損失。我們應該把新詩的音樂性强調起來，這對新詩的發展當有幫助。我們知道詩歌的音樂性主要是表現在節奏上，而節奏則表現在格律上，節奏是宇宙中自然現象的一個基本原則。近三十年，格律詩乏人問津，這決不是一個正常的現象，而做爲兒童閱讀的兒童詩歌，不以增强音樂性爲主，更是令人擲筆三嘆。

總之，中文是用漢字書寫而不是用拼音字母，這個特色是中國詩歌的許多特性的根源。一般說來，中國語文的特點是單音節、孤立性、有聲調。惟其爲孤立，故宜於講對偶；惟其單音，故宜爲務聲律；惟其有聲調，故宜於節奏。所以中國語文比拼音語文更適於作詩之表現工具。就中國詩歌而言，若置單音節、孤立性、有聲調等音樂性的特點於不顧，實有令人不可思議之感。

第六章

兒童詩歌的寫作原則

這裡所說的寫作原則，是從兒童文學創作的觀點來界定的。也就是說兒童詩歌的創作是文學創作。所以作者是一個成熟的、有創作能力的大人；又因爲作品是要讓兒童欣賞的，所以作者必須有爲兒童寫作的自覺。至於小孩子在教師輔導下寫出來的作品，以及適合兒童欣賞的古詩、新詩的選輯，都不在我們討論的範圍內。

雖然有人說兒童詩歌除了「爲孩子寫作」這個原則以外，再也沒有其他的規矩。甚至連「爲孩子寫作」也只是說明了作品的精神，而不是形式上的規矩。但我們相信「物有本末、事有終始，知所先後，則近道矣」，詩歌雖然不是科學，但也不是無跡可尋。我們相信詩歌有它的特質在，而這種特質正是與其他文體形式不同之處。持此，所謂的寫作原則亦正是由特質中去查尋。

在兒童詩歌發展過程中，首先爲兒童詩歌立下寫作原則的是王玉川和梁容若兩位老前輩。王玉川先生在「兒童詩歌寫作的研究」一文裡指出：

甲：注意兒童興趣　不論思想或感情，都必須富有趣味。

乙：內容

一、思想

二、感情

丙：形式

一、意象

二、語言

㈠自然的口語：文詞要自然順口，不可彆扭。

㈡標準語：原則上採用標準語，如有必要引用方言，也必須恰當。

㈢語言的音樂：語言是有音樂性的。如：

1. 節奏：在二個重音字當中，輕音字無論多少，所占的時間都是相同。舊詩每字都是重音，沒有輕音字；新詩中的輕音字，則很重要。

2. 平仄：平仄聲是中國語言的特點。外國詩無固定的調子，中國詩為要增加美感，則應注意平仄聲。

3. 在不損害思想和感情的原則下，以押韻為美。新詩最好押重音字，如能押韻而又同調則更好，但要自然；否則倒不如不押韻。故只要內容好，音節好，即使形式差一點，也無大礙。

丁：詩歌的最高技巧

一首詩歌，假如能使人在閱讀時，只注意它的內容，不注意它的形式，那麼這首詩可以說是天衣無縫。好比女人的化裝，一定要自然，使人看了不覺得是化裝，沒有一點化裝的痕跡，只覺得是美。

總之，寫作兒童詩歌，它的內容要靠智慧和靈感來充實；如果沒有這些，那是沒有法子寫好的。形式要靠修飾磨練來潤色，只要留心就可以辦到了。（詳見五十五年十二月中師專研習叢刊第三集「國語及兒童文學研究」，頁117-120）。

注重兒童興趣乃是一般兒童文學共有的先決要求。就形式而言，即是音樂性的追求。

而梁容若先生於「兒童的歌謠」裡指出編兒歌有幾件應當注意的事：

第一：忽視兒童的心理跟趣味，把成人想出的教條，給兒童讀，儘管詞句淺顯，兒童也不感趣味，像呂坤的「演小兒語」就是一例。兒歌是歌唱兒童自己的喜怒哀樂，所見所知，要用兒童的話，兒童的心來作。

第二：歌謠有歌謠的特質，韻要響，句子要整齊，說起來順口，唱起來好聽。攙雜散文的句子，乃至文言的語彙、語調，就不能成爲兒歌。當作說話用不自然，當作歌謠用不能唱，是最失敗的作品。

第三：國語教育要從幼稚園作起，音節押韻要以國音爲標準，方言的歌謠也不適宜作教材，雖然家庭教育上不妨用。

第四：兒童的知識經驗範圍很小。兒歌要根據他們的經驗環境。

第五：兒歌不以灌輸知識爲重，但是非常識的話也應當避免。（見五十四年四月小學生雜誌社「兒童讀物研究」，頁375-377）

其中一、四、五等三項仍是一般兒童文學共有的先決要求。而二、三兩項則明白的指出兒童詩歌的特質所在，及其寫作之原則。又林鍾隆先生於「兒童詩創作原則」一文裡也提出他的原則說：

第一個原則是：兒童詩必須是繪畫的。

第二個原則是：形象須要有急速的交替。

第三個原則是：繪畫同時必須是抒情的。

第四個原則是：要注意韻律的可動性和可變性。

第五個原則是：詩語要儘量賦予音樂性。

第六個原則是：童詩的韻，彼此之間應該配置在極近的距離。

第七個原則是：擔任韻的任務的語辭，要讓它能夠代表全句的意義，意義的最大的重量，必須放在這些語辭的上面。

第八個原則是：在童詩中，不論那一行都必須個個有它的生命，個個都應該是有機體。

第九個原則是：在童詩中不可用上太多的形容詞，因爲兒童的視覺，在知覺上，對行動的感知要勝過事物的本質。

第十個原則是：寫給幼兒閱讀的詩，韻律必須用強弱格。因爲強弱可以說是幼兒唯一的韻律，不論那一國的小孩子，都是隨著強弱格跳躍舞蹈的。

第十一個原則是：所寫的詩必須要能成爲遊戲的歌。

第十二個原則是：童詩必須也是大人的詩。

第十三個原則是：在自己的作品上，我們與其設法順應孩子們，不如使孩子們來順應自己，並且必須設法順應自己的（大人的）感覺和思考。（詳見益智版「兒童詩研究」，頁92-97）

其中五、六、七、十、十一等原則，可說皆就音樂性立場而言。我們的寫作原則仍脫離不了前輩的說法。文學乃是語言的藝術，兒童詩歌是文學，因此兒童詩歌也是語言的藝術，兒童詩歌的特質是在音樂性，而這種的音樂性也是由語言的結構來完成。申言之，所謂語言結構，即是指意象與節奏的安排而言。語言本身有兩大機能：表義與形聲。通常語言的意義是訴之於人的知性，具有認知的作用；而語言的聲音則訴之人的情緒，顯示意義的態度。所以意義必須透過聲音的音響效果，意義才能眞正明確的完全顯示出來。語言所以能引導人自意義所指的方向，走向超越普通意識世界，這種機能是依賴語言的意義與聲音才能產生的；而文人發揮語言的效能，使之變成文學的語言，就是將這兩種機能加以發揮。尤其是詩的語言，更是把這兩種機能加以發揮，使之成爲詩的兩種性格，在詩裡面，一發展爲詩的繪畫性；一發展爲詩的音樂性。詩的繪畫性也就是詩的意象表現，是由語言的意義機能最高的發揮所構成；詩的音樂性則是節奏的表現，意味著語言的聲響機能的最高發揮。意象是一種空間性的視覺效果，而節奏則是時間性的聽覺效果。套用林良先生的話：

> 我們對於詩裡的語言的理想是：那意義要新鮮多汁，那聲音要引人傾聽。這是我們所追求的永恆目標。這追求也是我們的永恆的追求。（見六十九年七月「布穀鳥」第二期「談兒童詩裡的語言」，頁37）

而林先生又說：

> 小孩子和語言的關係，是：由「聲音」捕捉「意義」，他們先感受到的是「聲音」，然後才是那聲音所代表的意義。」「詩是美好的聲音」，這句話對小孩子比對成人來說更眞。（同上，頁40）

持此，我們相信，提供「音樂性」的兒童詩歌乃是寫作兒童詩歌者的責任，也只有兒童詩歌的寫作者才肯爲了兒童，而爲語言的「聲音」耗心血。如何豐富兒童詩歌裡引人傾聽的「聲音」。我們提供如下的原則：

第一節　積極的原則

語言是文學的唯一工具，是以如何善用語言本身的特質，乃是創作者應有的認識。就文字而言，具有形、音、義；就語言音律而言，具有音高、音强、音長、音色等成分。是以在第五章所討論的人工音律、自然音律皆是寫作者常注意的原則，但我們願意對下列幾點特別加以說明：

壹、形式的選擇

對於兒童詩歌形式的選擇，以新詩分類觀點而論，以分行詩爲主，其次圖象詩。至於分段詩則不適用於兒童詩歌。分行詩由五四至今，發展出兩大支流，即自由詩與格律詩。新詩發展至今，已經完全擺脫了「公式」——一種自由的，「沒有公定格律」的詩，這種自由詩不押韻，代而起之的是一種行內的節奏，也就是所謂的自然音律，如每一行開頭或結尾，重複某些特定的字詞，然後再於行與行之間製造排比平行或對稱，使詩的節奏加快，構成一種前後呼應，首尾連續的效果。總之，自由詩既以自然的聲調輕重爲主，則其音樂性便由行內頓挫段落的「節」來控制了。

至於完全摒除音樂性的主知的自由詩，事實上是不適合於兒童閱讀。而格律詩有「視覺上的美感」與「聽覺上的美感」兩點特色，他們講究的是行中「節的匀稱」與段中「句的均齊」。饒孟侃在「論新詩的音節」一文中（依羅青「從徐志摩到余光中」一書，頁27引述），提出的「音尺、平仄、韻腳、格式」四大原則。其中「音尺、平仄、韻腳」是著重行與行之間的關係，「格式」則著重段與段之間的關係，「音尺」即指音節而言。總之，我們可以知道格律詩在聽覺上的要求是以音尺的數目（也就是節的匀稱）與韻腳的整齊爲主，音尺中的字數與尾韻的平仄，是無關緊要的。每段的格式，更是隨著作者自由設計，毫無拘束，但行與行之間的對稱（也就是句的匀稱）卻是重要的。本此，格律詩容易流於表面形式的整齊。當然，我們不必希望或者期待「新格律」的誕生，「公定格律的時代」已成過去。我們可以說中國的新詩沒有公式，沒有公定格律；但是對詩的作者來說，一首詩的「私式」，一首詩的「私定格律」還是很重要的。中國新詩的格律是「私有財產」制的。換句話說，中國的新詩把「格律」列入「創造的範圍」。兒童詩歌也是沒有「公定格律」。我們認爲眞正的格律是寓規矩於形式的創造性作品，兒童詩歌以音樂性爲重，對於格律詩的寫作亦有所必要。當然，它是源自歌謠裡的兒歌、民謠；而不是舊格律的唐詩。只有兒歌、民謠才能豐富兒童詩歌的格律。兒歌、民謠是付諸念誦與講說的，也可以隨口歌唱，但不按照一定的調子。這是因爲它的句子不整齊、長短參差，十分活變。眞是愛怎樣唸說就怎樣唸說。沒有格律，就是它的格律。

又圖象詩或許更能吸引兒童的興趣。同時它本身也具有理論基礎，但並非上上的形式，稍有不愼，則有反詩教育的現象出現，是以我們認爲圖象詩的寫作，偶而爲之則可，若說大事推展則不必。

貳、分行分段之把握

詩的分行，應該以一句完整的意義爲準，每行有一個完整的意思，或兩行爲一句，或三行爲一句，以分行的方式來調整並暗示該句在誦讀時所採取的節奏與頓挫。但有時候，爲了强調一句或一行之中某些觀點，詩人可以把一行完整的意思拆成兩行，例如紀弦的「彫刻家」：

煩憂是一個不可見的
天才的彫刻家。
每個黃昏，他來了。

他用一柄無形的鑿子
把我的額紋鑿的更深一些；
又給添上了許多新的。
於是我日漸老去，
而他的藝術品日漸完成。（見五十六年六月現代詩社版「檳榔樹甲集」，頁17）

在這首詩中，首兩行是一個完整的意思，也是一個完整的句子，應該寫成一行。但詩人在這個句子中，不只表達了完整的意思，而且還提出了一個新的觀念或比喻，那就是把抽象的「煩憂」視爲具體的「彫刻家」。因此，「天才的彫刻家」在此句中十分重要，在視覺上，爲了醒目起見，應單獨列成一行；在音樂上，爲了指引讀者在誦讀時以頓挫來强調此一觀念，也應單獨列成一行。至於「每個黃昏，他來了。」一句，本可分成兩行，因爲「每個黃昏」與「他來了」各自都是一個完整的意思。然這兩個意思，在觀念上，並無突出的地方，若將之分成兩行，則顯得累贅多餘，冗長囉嗦；因此，詩人只消用一個逗點將之分開，以便指引讀者在誦讀時應該如何頓挫即可。至於「把我的額紋鑿得更深一些」一行，應與「他用一柄無形的鑿子」連爲一氣，但爲了强調鑿子是「無形」的，故仍依首兩句例子，將之分成兩行。

由以上的討論，我們可以了解詩人在分行時，除了以一個完整的意思爲準則外，還可以因情況的需要，以單獨列爲一行的方式突出或强調某些觀念字句。但是，在某些不需要突出或强調的情況下，也可以把幾個完整的意思縮成一行，以逗點來暗示其節奏與頓挫。不過，詩人雖然有權以單獨列行的方式突出强調某些觀念字句，但在一篇之中，這種手法最好避免每行每句都採用。因爲如果用得太多，那就會失去了「突出强調」的本旨，統統「突出」，等於統統「不突出」。所以，詩人在採用「單獨行列」的手法時，應該先審視全詩，看看那些是詩中最主要最獨特的觀念或字句，然後有所取捨，使賓主定位。例如，在紀弦「彫刻家」中，除了「天才的彫刻家」外，可突出的還有「無形的鑿子」、「鑿得更深一些」……等等，但相形之下，「天才的彫刻家」此一觀念，不但是主，而且還是全詩的靈魂。因此，紀弦採取突出「主」而貶抑「賓」的做法，是正確的。

分段的目的，在使詩的內容表現有程序，在使整個內容的各個要點顯示出來，同時要使這些要點表現出和整個內容的關係，所以，詩作中的一段即是一個要點的表示。分段是隨著內容要點而定的，不必作硬性整齊的劃分。

詩的結構著重在點的分布，一句代表內容的一小點，一段代表內容的一大點，全詩爲小點的集合，代表內容的總點。各小點之間的聯繫是以省略的手法構成的小距離。大點聯繫小點而成樞紐，省略的手法又在段與段之間構成較大的距離，最後總點連接各大點，構成頂點，由此頂點表現詩作的特徵，呈現光彩，使讀者能感覺出、看出詩作之優美。

至於是否用標點符號，見仁見智。但我們知道標點符號不但劃分句讀，並且能標明節奏。又標點符號也是屬於語文教學的一項，因此我們認爲仍以加標點符號爲宜。

參、押韻

在人工音律中，以押韻爲最簡明，就是劉彥和所說的「同聲相應謂之韻」。每隔若干字，即用一個收音相同的字，這樣地前後呼應，最能表現文辭聲音的節奏。正如跳舞的音樂一樣，「蓬蓬拆，蓬蓬拆」的聲音前後呼應，而舞步的節奏就明顯地表現出來了。押韻，就是中國文辭表示聲音節奏最好的辦法。目前詩壇不敢輕言押韻，實在是一種錯誤的觀念，自由詩雖然可以不押韻，但可以不押韻，並不是排斥押韻。我們知道兒歌、民謠通常都有押韻，而兒童詩歌對音樂性的要求比新詩來得重視。因爲兒童詩歌對音樂性的要求比新詩來得重視。因此兒童詩歌更當注意這點，押韻有兩點好處：

一、是朗朗上口，便於記憶，古代啓蒙教材即是最好的印證。

二、是讓兒童對詩有正確的認識，蓋詩教首重傳統文化的涵養。

當然，合乎口語、流暢，是最基本的內在自然音律。講求這些要比押韻重要。但可注意而不注意，則容易造成兒童對詩的抗拒。今日的兒童詩歌，雖說已普及，而事實上並未普遍爲兒童所接受。考其原因，不協韻順口，當是主要因素。至於韻腳的疏密，韻協的轉變，皆可視需要而定，甚至句中藏韻亦無不可，而協韻當以標準國音爲主。

第二節　消極原則

成人爲兒童寫作詩歌，是目前兒童詩歌的主流，多少帶有示範性的作用，故成人寫作兒童詩歌，是一件嚴肅的工作。尤其不可忽略的是兒童詩歌對兒童可能的影響。詩歌對兒童而言是教育，它是文學教育，也是人格養成的教育。持此，做爲兒童詩歌工具的語言，不是老式的「詞藻詩」，也不是所謂理想中的新詩的句子，應是以白話爲骨幹，以適度的歐化，及文言句法變化的新的綜合語言。我們知道文學語言詞彙之使用要件在於求新與求準確性及豐富。而詩的語言，除了應具備詩質以外，更必須擺脫窠臼，不因襲舊有的句法，而以創新的句法表現。這是屬於修辭方面的技巧，但就兒童詩歌而言，求新、求準確性與求豐富是必須的，祇是對某些修辭技巧的應用則似乎無用武之地。因爲兒童階段是語文知識的養成時期，稍有不慎，則可能造成偏差。我們堅信兒童詩歌的語言必須有新鮮多汁的意義，及引人傾聽的聲音。但是這種語言必須是從生活中提煉出來的，它是現代中國的活語言。對於用現代中國語言寫作應保持下列三點原則：

一、一定要保持中國語言的本色，不要太歐化：現代中國語言的缺點，是文字和說話之間，仍有未能一致之處。例如同是一個字，各地方言讀起來即不一樣。自從國語運動推行後，才有了統一的代表語言，但同音字很多，如「食物」、「實物」；「副學習」、「附學習」等，必須借用文字的表達才能明白其意義。所以產生了很多副音詞，如「快樂」、「愉快」等，作爲幫助表達的方法。但這類詞彙用得太多，即會失去了中國語言簡鍊的特色，所以應該注意。

二、要保持標準語的特色，不要用太多比較不易懂的方言：國語以北平話爲標準，是因推行方便和學習容易。中國地區廣大，各地風俗習慣不同，如在寫作時採用比較偏僻的方言，兒童閱讀將會發生困難。有些方言易於吸收，能豐富國語詞彙的，也必須自然地、合理地應用。

三、保持現代語特色，不要用太多文言：時代隔閡，在成人看來並不嚴重，兒童就很難跨越。所以要儘量減少與現代語言有距離的文言，使兒童易於欣賞、吸收。（見研習叢刊第三輯「國語及兒童文學研究」林良「兒童讀物之語文寫作研究」，頁122）

第七章

指導兒童創作兒童詩歌的原則

在台灣，指導兒童寫詩歌，大概從民國五十九年左右，黃基博在屏東服務的仙吉國小，指導學生寫詩開始；在此之前，指導兒童寫詩歌這件事，在台灣似乎不多，也不會有人相信兒童能夠寫詩歌。但在今天事實證明，只要指導老師有適當的指導方法，兒童不但能寫，而且會有出乎意料的奇妙作品出現。

指導兒童寫詩歌的老師除了黃基博外，目前成果較可觀的，有林鍾隆、林武憲、蘇振明、林仙龍、張水金、洪中周、洪月華、陳清枝、許細妹等。他們指導的學生作品，或已印成專書，或經常而大量的在「月光光」及其他刊物零星發表，為指導兒童寫詩歌開創了多種不同的道路。

兒童寫詩歌，由於本身使用文字的能力有限，會有缺失乃是必然的現象。其實，兒童寫詩歌，猶如兒童學音樂、學畫畫，純粹是屬於兒童自我的創作，不必有太多的拘束。因為詩歌是兒童的心聲，只要坦白、自然，都是值得鼓勵。但是不幸的是，由於理論上的差異，而有了各個不同的偏見，是以有童詩與童話詩之辨，又有兒歌非詩之論……，致使兒童詩歌走上了歧路，茫然不知何處是去路。可是，我們仍然認為兒童詩歌的創作與指導，是一個值得努力的方向。我們讓兒童了解詩歌的趣味，引導他們進入文學中最美好的世界，讓詩來滋潤他們的心靈，美化他們的生活，也讓他們的想像力、創造力有個最好的表現機會。

第一節　指導經驗舉例

目前指導兒童寫詩歌的老師，似乎已遍及本省每一個縣市，但將指導方法與經驗發表的卻是不多，以下所介紹的幾位老師是其中較爲出色者：

壹、黃基博老師

黃基博老師服務於屏東縣仙吉國小，他的指導經驗收存於「怎樣指導兒童寫詩」一書，而指導方法主要見於「指導兒童習作詩的奠基工作」與「童詩教學過程舉例」兩篇，試轉述如下：

甲　奠基工作

兒童還沒有寫詩以前，先培養他們的想像力和指導體會各種感受，作爲以後寫詩的基礎。其方法是

1. 指導他們作想像力及感覺的練習。

2. 欣賞指導。以日本的兒童詩歌爲主要教材。

乙　創作指導

寫詩歌必須有豐富的想像力和感情，具備了這兩項基礎，就可以開始創作指導。

1. 仿作或創作　在做過適當的導引後，每人分發一份講義，右半邊印有幾首詩歌，左半邊是空白，閱讀後，讓兒童練習仿作兩首或自己定題目創作兩首（或兩首以上）。寫好了自己修改，或跟鄰座同學討論修定後，抄進作文簿，送交老師批改。

2. 自由習作　發還上次作文簿及新講義後，讓兒童自由習作，老師巡視其間。隨機指導。

3. 課後訂正後，再以部分劣詩在班上舉行共同檢討。

除外，黃老師很注重各種隨機教學，如非詩、眞詩的辨認，各種修辭法的訓練。他認爲指導兒童寫詩歌的要點是：

要寫出美麗的想像。

要寫出動人的情意。

其他。（見六十六年十一月太陽城出版社「怎樣指導兒童寫詩」，頁*62*）

所謂好的兒童詩歌，即是要有美麗的想像加上動人的情意。

貳、林鍾隆老師

林鍾隆老師是兒童詩歌的倡導者，在創作與理論皆有可觀的成就。有關他的創作指導見存於「兒童詩研究」一書，其中尤以「兒童詩的認識和創作」一文為最重要。他認為指導詩歌創作，在觀念上，跟指導作文沒有什麼分別。其方向有二，即從仿作入手；從閱讀開始。

甲　仿作問題

仿作是不得已的，應注意的有：

1. 範例的選擇。不是任何好詩都可以做為仿作的範詩，作範詩的詩，必須思想感情與兒童生活接近，表現方法很平易。
2. 避免限制兒童的自由思想。
3. 和「自作」並重。

4.注重方法的分析，禁止句子的抄襲。（詳見六十六年一月益智版「兒童詩研究」，頁52－54）

乙　從閱讀進入習作

不用範詩的仿作，而在習作之前，只讓兒童大量地閱讀作品，這是在不限制兒童創作思想上比較好的方法。但仍有兩個問題值得注意：

1.對作品分析說明與否。……只供閱讀，不加分析，對詩的體會由兒童自己去做。……另外有「閱讀欣賞」時間。

2.範詩之歸類與不歸類問題。範詩不加歸類，很不容易從中得到明確的共同理念，……習作上就難於適從了。至於分類方法，可依內容或寫作方法加以區分類別。（同上，詳見頁55－56）

參、林武憲老師

林武憲老師服務於彰化縣伸港鄉伸港國小，他的主要經驗見存於「談兒童詩的欣賞和創作指導」（民國六十四年九月「國教天地」第十三期），他主張創作與欣賞要密切配合，試轉述如下：

甲 欣賞的指導

欣賞是「共鳴的創作」，是將創作者的創作過程倒轉、還原。這樣的欣賞更能領略詩的趣味，是更上一層樓的欣賞，更能發現作品的好壞，增進作品各個層面的了解。林武憲認爲完成欣賞指導應注意下列事項：

1. 多選一些適當的好詩來讓學生欣賞，有計畫的介紹。
2. 掃除欣賞的障礙。欣賞教學，基本上要培養學生(1)對作品的文字、形式、節奏等的了解。(2)能注意作品的有機性、整體性。(3)知道一點作品形成的外在因素，像作者的思想、寫作的背景等。這些知識如果不具備，便會成爲欣賞的絆腳石。
3. 指導兒童朗誦。
4. 欣賞的層次。欣賞的層次是先「感覺」，後「分析」。
5. 搜集同性質、同題材的詩來作比較。
6. 指導作分析的工作。

7.指導學生摘錄好句子。（以上詳見屛師「國教天地」十三期，頁17）

乙　創作的指導

兒童具有純眞、好奇、與豐富的想像力，可是沒有寫詩的經驗。因此如何啓發兒童的潛在能力與表現技巧，便成爲指導的工作。林老師的指導原則是：

一、指導兒童寫詩的原則：

1.表達力需要以理解力爲基礎，所以創作指導必須與欣賞指導密切配合。

2.我們要使兒童詩的創作指導成爲一種有趣的教學活動，在創作的過程中取得教學的效果，不是要在創作的成果中收穫傑作。

3.多鼓勵、不批評、不指摘，老師要能容忍學生那些不高明的創作表現。

4.批改的時候盡量保留學生原意，不要改得面目全非。

二、創作指導的準備工作：

1.教學生運用想像力。如提供能激發想像的讀物，及提供可能想像的材料，使兒童的想像力有生長的機會，以及出一些能激發想像的作文題目。

2.教學生運用聯想力。聯想有相似、接近、對比等。

3. 用各種練習來訓練寫詩的基本能力。如分行、比喻、轉化及長句改短句的練習。（同上，詳見頁18－20）

丙 創作指導的教學問題

林武憲認爲創作指導，三年級就可以開始，程度好的，二年級也可以。至於題目，他認爲劃定範圍即可，也不妨完成後再定題目。除外，他認爲創作指導，是從模仿開始。

第二節　創作指導的檢討

創作指導的原則，事實上大同小異，但其間的應用，則因人而異。應用過程如不是親身參與其間，實在不能衡量其得失。而目前兒童詩歌的創作指導，正是憂喜參見，或謂指導方法的誤導所致。徐守濤於「兒童詩論」一書裡提出創作指導時應注意的事項，試轉錄如下：

一、拓寬題材。
二、感情入詩。
三、體認兒童詩。
四、善用感官。
五、動態描寫。
六、文字簡潔。（以上詳見頁138－149）

以上所提到六點中，一、三點可謂切中時弊，豐富的題材，不但可能拓寬兒童的視界，更可能開擴兒童的胸襟，並充實兒童的生活經驗。而目前的兒童創作卻走入窮巷裡，林鍾隆於「兒童詩的認識和創作」一文裡說：

我們的兒童詩，依目前發表出來的詩作來看，有以下三項毛病：

一、只有描寫事物的詩，很少敘述生活的詩。

二、只有借物抒情的詩，很少純寫心理的詩。

三、只有現實的詩，沒有想像的詩。（見「兒童詩研究」，頁71）

創作指導的題材狹窄，當是指導者的過失。至於體認兒童詩歌，更是牽涉到詩學演變與理論構架等問題，是以指導者更當努力追求。

徐守濤教授所列舉的指導創作方向，可說是一種善意的建議，而六十九年元月「葡萄園」詩刊69期新詩教育專號，有李春生的「淺談兒童詩」，則屬批評與指責，他認爲目前兒童詩歌在創作上（尤其是指導創作）有如下缺點：

第一：「兒童詩」爲了適應兒童的理解力，固然應該避免大量使用象徵、暗示……等等語言，但起碼的「想像」是必要的。不過這種「想像」，必須是在有「人」與「心」的影子，可感之下來運用的，並非憑空來捏造的。所以林鍾隆先生，在其選擇「日本兒童詩選集」的序言中曾這樣的說：

「……我們的兒童詩，發展到目前爲止，毛病在於成了『想像的遊戲』，誤以爲想像的描寫就是詩。

因此，所寫的詩，在詩之前，沒有『人』的影子可感，在詩之中沒有『心』的影子。『想像』固然是任何創作的文學所必須，但，只是詩國之入境證而已，不是詩。……」

可惜今日，的確有些人，硬是把「詩國的入境證」當作詩，難怪他所指導出來的「兒童詩」，都是千篇一律的「想像的遊戲」。縱然，他如何強調自己是「前驅」，是「權威」，我想有識者，正因爲「前驅」與「權威」影響之深且遠，而引爲阻礙「兒童詩」發展的隱憂呢！

第二：爲了避免象徵、暗示，造成兒童理解的障礙，而極力利用說白的方式來表達，可是「說白」，一定要注意「童趣」，缺乏了「童趣」的說白，與敘述的散文，有何分別？只是分行寫而已！讀來雖然一目了然，但索然無味。因而就本質上看，此更非詩。「兒童詩」如果順此方向發展下去，較之「想像的遊戲」更糟。因爲他們所走的是死路一條。

第三：從教化觀點來進行兒童詩的創作，在創作之前擬具了這一首詩完成之後，能在教育價值上達到怎樣預期的作用？而不問是否能在兒童的心靈上引起共鳴。如此捨本求末，所以寫出來的「兒童詩」，自然硬繃繃的不能爲兒童所接受，自然也就無法達到「詩以載道」的目標，因此這樣的「兒童詩」，在兒童詩發展的道路上，對「兒童詩」所造成的破壞力，則更巨大！

第四：在掙不脫「理論」的束縛下，不能放任的，讓兒童海闊天空的去想。只靠自己的「理論」設計了一套教學方法，使得兒童的想像受到了束縛。在一套固定的「理論」中教學，難怪由某一位老師指導出來的「兒童詩」，則千篇一律的都和那位老師的思想、方法、風格，乃至用語、遣詞，都像從一個模子裡鑄出來的。這樣下去，我們的「兒童詩」尚有何前途可言。也許用這種方法，招攬學生來補習，騙騙學生家長，或者在自畫的小圈子裡自我陶醉。「掛羊頭、賣狗肉」，而博一時之名，又博深厚之利，確有特效！但是對於「兒童詩」的發展，則是只有百害而無一利。但願我們努力爲兒童文學而耕耘的隊伍中，沒有投機者混進來。讓我的說法只是「想當然耳」，實乃萬幸。（頁10-11）

雖然目前在兒童詩歌的發展現象中，著實令人憂喜參半，但我們仍然抱著無比的信心與關懷。因此我們願意提出下列幾點建議：

1. 在觀念上　首先，指導者應摒除名利心。目前兒童詩歌的隱憂，不在詩質的缺乏，而是有心人把它當作謀名謀利的工具。我們知道所謂指導兒童寫作詩歌，並非培養未來的詩人，我們堅信「兒童文學在本質上乃是在於遊戲情趣的追求；在實效上則是在於才能的啓發。是以這種屬於兒童的文學作品，乃是經過一種的設計。這種的設計，不論在心理上、生理上與社會上等方面而言，皆是適合於兒童的需要。」（見「台東師專學報」第三期拙作「兒童文學製作的理論」，頁*4*。）持此，兒童創作的詩歌與兒童畫、兒童音樂，在意義上是相同的。實在是不容許大人的名利觀念參與其中。簡單的說，詩歌亦只不過是兒童遊戲的方式之一，大人硬是把它說成偉大且嚴肅的活動，豈不阻嚇了兒童？大人尤有進者，要求兒童參加徵文比賽，以達個人補習牟利的目的，則是更與提倡、發展兒童文學的目的背道而馳。

其次，指導者應對兒童詩歌之所以爲兒童詩歌有所了解。不用諱言，兒童詩歌的理論構架是有異於成人詩歌。指導者更應對詩學源流有所了解。

2. 在指導方法上　應摒除畫地自限與自以爲是的心理。某些老師指導出來的兒童詩歌，千篇一律的和老師的思想、方法、風格，乃至遣詞造句，都像是從一個模

子裡鑄出來的，這是老師只靠自己的理論設計了一套教學方法，使得兒童的想像受到了束縛，如此顯然已違背了兒童文學的本質意義。兒童文學作品若不能透過遊戲的情趣而達到才能啓發的目的，則爲空談。申言之，教學方法，乃是一種藝術，只有原則，而無明細方法可循。方法的應用，因人因地而異。是以指導者如何擴大自己的視野，實在是迫切需要的。如題材上不拘限於某一種，技巧上不停留在某一格。在指導方法若能突破既定細則，自能養成兒童活潑機智。

3. 在閱讀指導上　在閱讀指導上最大的偏差是，摒除古詩、歌謠於不顧。這是不可原諒的過錯，事實上歌謠（指童謠與民謠）裡有最活潑、最生動的生命，而在唐詩、宋詞裡有最精最純的詩藝術，而我們丟棄了它，如此缺少根植的大地，如何能生長？我們相信今日的兒童詩歌只有取資於古詩歌謠，方能生長茁壯。而指導者也惟有配合古詩歌謠的閱讀入手，方能讓兒童對詩傳統文化有所涵養，也惟有如此，詩教育方能重現。同時更可從兒童閱讀中，體會出兒童詩歌的特質所在及其重要性。

4. 在批改上　兒童詩歌的指導創作過程中，批改佔有相當重的份量。如何批評修改，徐守濤在「兒童詩論」第七章「兒童詩的批評修改」裡把兒童詩批改落在下列幾個重點：

一、內容的剪裁。

1.意境的襯托。

2情意的表達。

3情趣的呈現。

二、段落的劃分。

三、詩句的潤飾。

四、節奏的美化。

五、評語的釐訂。（以上詳見「兒童詩論」，頁150-171）

我們相信兒童在創作之初（尤其是低年級），似乎是沒有技巧可言，只是心中所感，運用所認識的每一個字或詞彙，把它串連起來表現。完成後，也很少有人願意再修改。而這種原始的作品，雖是粗糙而簡陋的，但其中有時卻也見眞趣，有人主張大刀闊斧的修改，我則期期以爲不可。把一篇十來行的詩，改成四行，對兒童來說，是否有成就感？對教育而言是否增加了什麼？又有人認爲與其斤斤計較詩歌要有兒童生活的情趣或想像，倒不如注意某些兒童詩歌是否可以成爲詩歌。他們認為我們所謂的兒童詩歌，雖有童趣，如缺乏詩質表現的話，那麼，就變成詩都不像，怎麼還可以稱為兒童詩歌呢？我們知道，最好兒童能寫出有詩質的作品來，但在兩者不可兼得之下，寧可以童趣為主。因為童趣是兒童所以為兒童的理由所在，又童趣可以引出詩質。同時我們更不要忘了，寫詩歌也只不過是兒童遊戲的方式之一，不用把它推上眞善美的層次上去。簡單的說，兒童創作詩歌，或可說是一種高尚的遊戲，在兒童的遊戲過程中，本無輸贏得失之心，有的只是快樂而已，因此指導者的態度頗能影響到遊戲者的去向，我們認為對作品應多加鼓勵，同時不要太以自己成人的觀點去修改或潤飾兒童的作品，應盡量保留兒童自己的語言與精神。更重要的是能與兒童本身溝通，確實了解兒童的心態。持此我們願意提出批改的三個原則：

一、就語言而論。我們要注意到是否合乎現代標準語。我們不願兒童錯用語義、語法，如此容易導致反教育的效果。

二、就內容而言。只要能有美麗的想像加上動人的情意就是一首好詩，也就是能寫動人的童趣即可。兒童寫詩歌，並不等於是未來的詩人，我們不用過份的苛求。

三、就文句而言。我們不容易要求他們對聲韻有多少的認識，當然更不易講求

音樂性的效果。我們所能注意的是文句的自然與順口而已。（全文完稿於民國六十九年七月）

參考書目

壹：

漢書「藝文志」　鼎文版
四庫全書總目　藝文版
續修四庫全書提要　商務版
合印四庫全書總目提要及四庫未收書目禁燬書目　商務版
善本書目（增訂本）　國立中央圖書館
朱子大全　中華四部備要本
朱子語類　正中書局
朱子新學案　錢穆著　自印本
養正遺規　陳宏謀編　中華四部備要本
程氏家塾讀書分年日程　程端禮編　商務簡編本叢書集成
小學集解　張伯行纂輯　世界書局
古謠諺　范氏編　世界書局

民間歌謠　朱雨尊編　世界書局
古詩源　沈德潛編　商務國學基本叢書本
樂府詩集　郭茂倩編　商務四部叢刊本
民俗叢書全三十二冊　東方文化書局影印

貳：

詩言志辨　朱自清著　河洛版「朱自清集」本
中國詩哲學的探究　徐哲萍著　德華出版社
中國文學思想史　青木正兒著、鄭樑生、張仁青譯　台灣開明書店
中國歷代文論選（上）　木鐸出版社
中國詩學　劉若愚著、杜國清譯　幼獅文化公司
中國文學批評史　羅根澤著　學海出版社
中國人的文學觀念　劉若愚著、賴春燕譯　成文出版社
現代中國詩史　王志健著　台灣商務印書館
五十年來的中國詩歌　葛賢寧、上官予編著　正中書局

中國新文學史　周錦著　長歌出版社
現代中國文學史話　劉心皇著　正中書局
六十年詩歌選　正中書局
中國新文學大系(詩歌一集)　朱自清編　大漢出版社
中國新詩風格發展論　高準著　華岡出版部
新詩作法　徐訏著　大同書局
新詩研究　楊昌年著　蘭台書局
六十年來新詩之發展　邱燮友著　正中書局
現代詩的探求　村野四郎著、陳千武譯　田園出版社
現代詩導讀(理論史料篇)　張漢良、蕭蕭編選　故鄉出版社
現代詩散論　白萩著　三民書局
紀弦論現代詩　紀弦著　藍燈出版社
掌上雨　余光中著　文星書店
現代詩的解說與評論　林鍾隆著　現代潮出版社
從徐志摩到余光中　羅青著　爾雅出版社
詩與現實　陳芳明著　洪範書店

鏡子和影子　陳芳明著　志文出版社
林以亮詩話　林以亮著　洪範書店
中國之美文及其歷史　梁啓超、飲冰室專集（五）　台灣中華書局
五四新文學論戰集彙編　長歌出版社
艾略特文學評論選集　艾略特著、杜國清譯　田園出版社
文學論爭集（當代中國新文學大系第二冊）　何欣編選　天視出版公司
說戲曲　曾永義著　聯經出版社
語文通論　朱自清著　華聯出版社
詩論　朱光潛著　正中書局
文學與音律　謝雲飛著　東大圖書公司
中國語文的音樂處理　李振邦著　天主教教務協進會出版社
文學休走　趙知悌編　遠行出版社
梁實秋論文學　梁實秋著　時報出版公司
談民族文學　顏元叔著　學生書局
中國語文研究　周法高著　中華文化出版事業社
騁思樓隨筆　邱言曦著　時報出版公司

言曦五論　邱言曦著　青雲書店

高明文輯（下）　高明著　黎明文化事業公司

陳世驤文存　陳世驤著　志文出版社

燈下燈　蕭蕭著　東大圖書公司

寂寞的結　蔡源煌著　聯經出版社

劉半農卷　瘂弦編　洪範書店

中國近代作家與作品　林海音編　純文學出版社

覃子豪全集　覃子豪全集出版委員會

參：

怎樣指導兒童寫詩　黃基博著　台灣文教出版社

怎樣指導兒童寫詩　黃基博著　太陽城出版社

兒童詩研究　林鍾隆著　益智出版社

兒童詩教學研究　陳清枝著　自印本

國小詩教育有效途徑研究實驗報告　林玉奎著　油印本

兒童詩的理論與發展	許義宗著	自印本
淺語的藝術	林良著	國語日報出版社
兒童詩論	徐守濤著	東益出版社
兒童讀物研究	張雪門等著	小學生雜誌社
兒童文學研究	吳鼎著	台灣教育輔導月刊社
兒童文學研究	謝冰瑩等著	中國語文月刊社
我國兒童文學的演進與展望	許義宗著	自印本
中國歌謠	朱自清著	世界書局
中國歌謠論	朱介凡撰	台灣中華書局
中國兒歌	朱介凡撰	純文學出版社
五十年來的中國俗文學	朱介凡、婁子匡編著	正中書局
怎樣欣賞音樂	柯普蘭著、劉燕當譯	樂友書房
你是音樂家	游昌發著	時報出版公司
民族音樂論	Vougham William 原著　楊敏京校訂	愛樂書店
論民歌	史惟亮編著	幼獅文化公司
音樂向歷史求證	史惟亮著	台灣中華書局

歷代歌詞述要　許健吾著　華岡出版社
近三十年新詩書目　林煥彰編　書評書目出版社
兒童文學論著索引　馬景賢編著　書評書目出版社
心理與教育　楊國樞著　晨鐘出版社
國民教育　吳鼎編著　國立編譯館
中國教育史　陳青之著　台灣商務印書館
中國教育思想史　任時先著　台灣商務印書館
國民小學課程標準　教育部　正中書局

肆：

讀詩經　錢穆著　新亞學報（現收存于東大版「中國學術思想史論叢」）
論新詩　葉公超　二十六年四月文學雜誌創刊號（今收存於洪範版「葉公超散文集」）
先秦說詩的風尚和漢儒以詩教說詩的迂曲　屈萬里著　（新加坡南洋大學第五期一

九七一）今收存于學生版羅聯添編「中國文學史論文選集」（二）

怎樣寫兒童詩　林武憲　「國教天地」第十三期、民國六十四年九月　頁10－15

談兒童詩的欣賞和創作指導　林武憲　「國教天地」第十三期、民國六十四年九月　頁16－20

談兒童詩的欣賞和寫作　林煥彰　「北市青年」一三一期、民國六十九年四月　頁24－29

現代文學第四十六期　六十一年三月（現代詩回顧專號）

龍族詩刊第九號評論專號　六十二年七月七日

中外文學　六十三年六月詩專號第三卷第一期

從聲韻學看文字　丁邦新　六十四年六月「中外文學」第四卷一期　頁128－147

從詩史發展論現代「新詩」　盧元駿　見六十五年十月「詩學」第一輯　頁55－80

詩的沒落　唐文標　見六十二年八月「文季」第一期　頁12－42

伍：

國語日報兒童文學周刊
中國語文月刊
笠詩刊
葡萄園詩刊
布穀鳥兒童詩學季刊
青少年兒童福利學刊
歌謠周刊　台北東方文化書局影印本

附錄一：民國三十八年以來有關兒童詩歌論述書目

中國兒歌的研究　劉昌博著　自印本　42. 7.

怎樣指導兒童寫詩　黃基博著　台灣文教出版社　61. 11.　全書四十一頁

兒童詩歌欣賞與指導　王天福、王光彥編著　基隆市教育輔導團　64. 5.

童年的夢　林煥彰著　光啓出版社　65. 4.

兒童詩研究　林鍾隆著　益智書局　66. 1.

怎樣指導兒童寫詩　黃基博著　太陽城出版社　66. 11.　（將黃著台灣文教出版社之版本增訂爲二三九頁）

中國兒歌　朱介凡編著　純文學出版社　66. 12.

童詩研究　李吉松、吳銀河著　高市七賢國小　67. 6.

兒童詩論　徐守濤著　東益出版社　68. 1.

小學生詩集　陳千武編選　台中市文化基金會　68. 6.

兒童詩的理論及其發展　許義宗著　中山學術文化基金會獎助出版　68. 7.

兒童詩教學研究　陳清枝著　作者自印　69. 3.

寫給青少年的新詩評析一百首　文曉村編著　布穀出版社　69. 4.　本書自70. 3.

改由黎明文化出版社印行

中學生白話詩選　蕭蕭、楊子澗等編撰　故鄉出版社　69.4.

台灣兒歌　廖漢臣著　省政府新聞處　69.6.

兒童詩畫論　陳義華著　北市萬大國小　69.9.

兒童詩指導　林鍾隆著　快樂兒童週刊社　69.11.

海浪的聲音　布穀鳥兒童詩畫評審委員會編選　布穀出版社　70.2.

童詩教室　傅林統著　作文月刊社　70.3.

兒童詩選讀　林煥彰編著　爾雅出版社　70.4.

青青草原（現代小詩賞析）　落蒂編著　青草地雜誌社　70.4.

兒童詩畫曲教學研究　黃玉幸、王麗雪著　台南市喜樹國小　70.12.

童詩欣賞　陳傳銘編著　高市十全國小　71.1.再版

我也寫一首詩　陳傳銘著　高市十全國小　71.2.

兒童詩欣賞與創作　洪中周著　益智書局　71.3.

兒童詩歌欣賞與指導　謝沐霖等編　台灣國語書店　71.5.

詩歌教學研究　北市西門國小　台北市教育局　71.5.

母鴨帶小鴨　洪中周指導　布穀出版社　71.6.

季節的詩　林煥彰編著　布穀出版社　71.6.
童謠童詩的欣賞與吟誦　許漢卿著　台灣省教育廳　71.6.
童詩教室　吳麗櫻著　台中師專附小　71.6.
我愛兒童詩(一)　蔡清波編著　愛智圖書公司　71.8.
我愛兒童詩(二)　蔡清波編著　愛智圖書公司　72.7.
我愛兒童詩(三)　蔡清波編著　愛智圖書公司　73.7.
兒童詩欣賞　陳進孟著　野牛出版社　71.8.
兒童詩觀察　林鍾隆著　益智書局　71.9.
兒童詩學引導　陳傳銘編著　華仁出版社　71.9.　合前「童詩欣賞」、「我也寫一首詩」二書而成套書，其中「我也寫一首詩」分成①、②兩書
兒童詩歌欣賞習作　呂金清著　自印本　71.10.
童謠探討與欣賞　馮輝岳著　國家出版社　71.10.
小朋友欣賞童詩　陳佳珍編著　中友出版公司　71.12.
國小兒童讀童詩（第一集）　林樹嶺編著　金橋出版社　72.12.　（已出版六集）
國小兒童詩欣賞　林樹嶺主編　金橋出版社　72.2.
種子加油　龍柳柳主編　布穀出版社　72.4.

童詩開門（三冊）　陳木城等著　錦標出版社　72.4.

兒童詩寫作與指導　杜榮琛著　台灣省教育廳編印　72.6.

兒童詩歌欣賞　楊秋生著　企鵝圖書公司　72.6.

牽著春天的手　林煥彰文　好兒童教育雜誌社　72.9.

快樂的童詩教室　林仙龍著　民生報社　72.11.

春天　陳清枝編著　宜蘭縣清水國小　72.12.

兒童的笑臉　洪中周、洪志明編　浪野出版社　73.2.

童詩病院　陳傳銘著　高市十全國小　73.3.

布穀歡唱　蔡清源指導　黃雙春評析　布穀出版社　73.4.

詩歌初啼　北縣莒光國小　73.5.

兒童詩的創作與教學　郭成義主編　金文圖書公司　73.6.

中國兒歌研究　陳正治著　親親文化事業公司　73.8.

童詩叮叮噹　邱雲忠編著　惠智出版社　74.2.

小學生詩集③　陳千武編　熱點文化公司　74.4.

童詩創作引導略論　黃文進著　復文圖書公司　74.6.

葡萄要回家（兒童詩選欣賞〈一〉）　桂文亞主編　民生報社　74.7.

葡萄要回家（兒童詩選欣賞〈二〉） 桂文亞主編 民生報社 74.7.
如何寫好童詩 趙天儀編著 欣大出版社 74.7.
大家來寫童詩 趙天儀編著 欣大出版社 74.7.
兒童詩的欣賞與創作 陳義男編著 野牛出版社 74.7.
兒童詩歌的原理與教學 宋筱蕙著 作者自印 75.1.（77.1.二版）
童詩賞析 蔡榮勇編著 中師附小 75.5.
試論兒童詩教育 林文寶著 台灣省教育廳 75.5.
童詩的秘密 陳木城著 民生報社 75.5.
童詩的欣賞與創作 吳嘉恭著 中縣瑞豐國小 75.5.
和詩牽著手 洪中周文、黃雙春詩 作者自印 75.6.
童詩上路 陳文和著 自印本 75.11.
童詩天地 張月環編著 欣大出版社 76.1.
童詩欣賞與寫作 王碧梅編著 台北市雙溪國小 76.4.
飛翔之歌 林煥彰詩畫 幼獅文化公司 76.4.
小學生詩集④ 陳千武編 台中市立文化中心 76.5.
拜訪童詩花園 杜榮琛著 蘭亭書店 76.6.（由原台灣省教育廳出版之「兒童

詩寫作與指導」增版印行）

遨遊童詩國度　林清泉著　現代教育出版社　76.10.

教小朋友寫童詩　陳東和編著　光田出版社（無出版年月）

附錄二：預約一個孩子的有情天地

記錄：童文妮、許麗雲

時間：中華民國七十一年四月十六日
地點：台東師專視聽教室
對象：五年級全體學生

壹、前言

目前國小正在推廣詩歌教學，如果同學們平常稍加注意，應該可以在報章上發現某一國小重視古詩教學，或者某國小詩歌教學的消息，以前你們或許不曾加以注意，但是不久各位就要踏入國小，開始小學的教育工作，因此今後要多加注意這方面的問題。

「詩歌教學」應該怎樣做？同學畢業後很可能遇到這方面教學的機會，自然應注意。

「詩」是什麼？這很難有定說；我先舉一首「笑話詩」：從前有個女子非常想念她在外的丈夫，便寫了一封信寄給他，因爲她不識字，所以信上只畫了些圓圈圈：「○○◎○⊃○○○○○……」，丈夫接到信後看傻了眼，感到莫名其妙，便去請教一位秀才先生，秀才很幽默的做了一首圈兒詞說：「相思欲寄從何寄？畫個圈兒替。我密密加圈，你須蜜蜜知儂意。單圈兒是我，雙圈兒是你，整圈兒是團圓，破圈兒是別離，還有那說不盡的相思，把一路的圈兒圈到底。」

這首「圈兒詩」實在有趣，或許，兒童詩歌正是如此。有時看不懂的兒童詩歌，透過孩子來講解、分析，你會發現他們的巧思創意，會受很大的感動的。

貳、兒童詩歌的界說

一、兒童詩歌的意義

兒童詩歌有許多不同的名稱：童謠、兒歌、童詩、兒童詩、兒童詩歌。這些不同的名詞各有其看法，以下我先解釋詩、歌、謠的不同，再談個人對兒童詩歌界說的看法。

詩：詩大序：「詩者，志之所之也；在心爲志，發言爲詩。情動於中，而形於言，言之不足，故嗟嘆之，嗟嘆之不足，故詠歌之，詠歌之不足，不知手之舞之，足之蹈之也。」詩字，古文「」，從這個字可印證文化學上常提到的：舞蹈與詩歌、音樂三者同出一源，三者原始的共同點是「節奏」。詩是言志、抒寫內心情懷的。

歌：「心之憂矣，我歌且謠」（詩經）。曲合樂叫做歌，有譜的歌詞叫做歌，徒歌曰謠。

由以上的解釋可發現，不管詩、歌或謠之節奏性均相當强，而兒童詩歌尤具强烈的節奏性，故我認爲以上的名稱中以「兒童詩歌」最適合。

二、兒童詩歌的分類

以作者分：

1.兒童自己寫詩：以抒發情感爲主，發揮自己的想像，投影自己的際遇，也是創作能力的自我訓練。如：

風鈴

風鈴
奏著叮叮噹噹的音樂

對我說：

「你並不寂寞，還有我。」

由此詩我們可以發現這位小朋友一定很寂寞。

2. 成人爲小孩寫的詩歌：需懂得教育理論的人來寫作，重視啓發兒童，具有創作示範作用及欣賞用途。給孩子活潑的思想、生命力。

3. 適合兒童欣賞的：並非故意創作供兒童欣賞，乃因內容淺近易爲兒童接受。如李白的「靜夜思」，就有提高兒童的欣賞能力的作用。教師可以多提供兒童各類的詩歌，時常更換求新，吸引小朋友的興趣。

又以特質分：

1. 詩：節奏較不顯著。

2. 歌：節奏性較强。

適合兒童的應是「詩」與「歌」並重，稱之「兒童詩歌」。

參、兒童詩歌的特質

兒童詩歌具有音樂性，一般音樂組成有四要素：節奏（音的强弱長短）、旋律（不但論强弱長短，且兼論高低）、和聲和音色。兒童詩歌的特質在音樂性，具音樂的特質即能表現音樂的效果—節奏感。節奏表現在格律上，而格律原則有二：一爲和聲，二爲協韻。同音相承爲重疊，異音相承爲錯綜，重疊錯綜交互應用而造成音節上的和諧叫和聲；同音相呼應，使音節的節奏和諧者，稱協韻，即韻腳相同。

中國語言的特質在三方面：

1. 孤立（獨立性）：故宜講求對偶，即字數相等，平仄相反、詞性相同。

2. 單音：故宜講求聲律，即透過調的平仄產生節奏性。

中國詩歌的音樂性表現在格律上，一爲明律（人工音律）；一爲暗律（自然音律）。明律含有聲調（平、上、去、入），協韻（押韻）及句型（一般人最易接受之句式爲五言及七言）。暗律則爲較不易操縱的法則。用雙聲、用疊韻、疊字等。

3. 有聲調：聲調是指一個音節中語音頻率高低變化的情況，它既不是音長的不同，也不是絕對音高的不同，而是音高變化的曲線。

肆、兒童詩歌評判標準

因爲兒童詩歌的形式來自成人詩歌，所以我先介紹成人詩歌。

新詩就形式說，可分三類：

1. 分行詩：分行詩又可分自由詩和格律詩。前者不押韻，且字行錯綜複雜，後者有押韻，節奏性較强。
2. 分段詩：即散文詩，如朱自清的匆匆。
3. 圖畫詩：造成詩有圖畫性的效果。

此三類應用於兒童詩歌中，分行詩最適合兒童創作，圖畫詩可偶一爲之，至於分段詩則不適合兒童。

至於兒童詩歌的評判標準，應以兒童觀點爲準，同時要注意的是：

1. 要寫出美麗的想像，使詩中有畫，意象鮮明。所謂畫意是也。
2. 寫出動人的情感，也就是詩情，因爲詩是抒情的。

批改兒童詩歌的原則是：鼓勵重於一切，讓兒童本乎興趣去做詩。除外要注意的是：

1. 合乎現代語法。
2. 內容來說要有美麗的想像及動人的情感。
3. 句子要自然流利且順口。

伍、兒童詩歌在教學上的意義

湯廷池先生在「一個外行人對小學國語教學的看法」一文中闡述了他對兒童詩的看法，茲引述如下：

1. 兒童詩不受題材、字數、時間、句法結構與詞彙的限制，讓兒童有自由發揮的機會。
2. 兒童詩的創作最能訓練兒童的觀察力與想像力。
3. 兒童詩能提供機會讓兒童欣賞自己以及別人的生活體驗與情感反應。
4. 兒童詩能增廣兒童運用語詞的能力，更能幫助他們欣賞語文的聲調與節奏之美。
5. 兒童詩的創作可以幫助散文的創作，使散文的表現更形完美。（見六十九年八月七日國語日報語文周刊1634期）

陸、結語

這次演講，主要帶給同學們的觀念是—兒童詩歌該注意什麼？該如何教學？四月份「益世」雜誌的專題是討論國小新編標準本教科書。其間皆認爲新教科書比舊書進步，只是師資、教材、教具的水準跟不上。板橋教師研習會編有「國小教師基本能力」一書，其中提到國小教學語文科能力，共三十六項，茲舉前四項供參考：

1. 能熟讀師範專科學校選用之中國文化基本教材內容，並瞭解其涵義。
2. 能熟讀歷代著名的文言文三十篇。
3. 能讀畢並欣賞現代文學（小說、散文、詩歌等書籍）十本以上。
4. 能欣賞並評鑑兒童讀物。

同學可藉此評鑑自己的能力。又有下列三項能力本列在三十六項中極高位，卻未收錄。

1. 能背誦欣賞古詩詞三十首。
2. 能讀完並欣賞章回小說五本。
3. 能將詩詞或一篇短劇改編成散文。

由上可知，師專生語文教育仍只限於一種零碎、靜態的知識。語文學習的目的，不只是使學生不寫錯別字、把字音讀正確。更重要的，要讓學生把字寫成句、文章，而且能靈活運用，又在教學上本身要有開放的觀念，今天的學生，開放性的學習不夠，必須加強。

古時小學（啓蒙）教育完全用韻文，目前國小雖有韻文，但份量不多。我認爲應於小學課程中多加韻文，並以白話文詮釋之，以適合兒童能力，如此，可使學生多一些詩教的薰陶。

最後我介紹詩歌教學參考書中較可做爲入門的三本書給同學們：

1. 平實的指導方法：怎樣指導兒童寫詩。
2. 古詩方面：少年詩詞欣賞。
3. 詩集：兒童詩選讀。

附錄三：談詩歌教學

童文妮同學記錄

本文係於七十二年三月廿三日對台東市豐年、豐田、新園國小教師們所作之專題講演。

壹、前言

詩歌教學本來是教育廳從七十學年度開始，指示各縣市國民教育輔導團，加强中、小學詩歌朗誦教學；它本來的主要目的並不是只指兒童詩歌，也包括古詩的教學。

詩歌教學之所以未臻理想，個人思索的結果，主要因素可能是：大家對「詩歌教學」是怎麼一回事，還不十分清楚，所以今天我來談「詩歌教學」；主要目的是想說明「詩歌教學」教學者本身可能遇到的困境有那些；另外還談到「詩歌教學」的意義何在。

貳、詩歌教學的意義

首先討論一下「詩歌教學」本身具有什麼意義：

1. 終極目標：在於人文的涵養。用更簡單的話來：就是提升一個人的氣質。在論語中曾經提到「不學詩，無以言」：因爲在以前古代的外交場合上和別人交談，一定是以詩經上的話來相互對答，所以孔子才說「不學詩，無以言」這句話。對作爲一個現代人來說，更必須要有詩歌的涵養才行。

另外在禮記的經解篇中也談到，詩教最主要的目的在於「溫柔敦厚」；這些都在於說明：詩歌教學的本身是一種人文的涵養。

2. 本質上：是遊戲情趣的追求。個人一直認爲：不僅是詩歌，就連整個兒童文學來說：它的本質其實就是一種遊戲情趣的追求；換句話說：只不過是提供小孩兒另一種遊戲的方式罷了。

3. 實效上：是一種才能的啓發。今天的教育目的主要就是要啓發兒童各方面的才能，可惜教育的方式多採用注入式的，教學方式本身就缺乏彈性；而詩歌本身就具有豐富的想像，如果好好兒運用，對兒童才能的啓發，理應很有幫助。

4. 教學上：是語文的教育。這一點相當重要，因爲在目前見到的詩歌教學，大家都把它當成「音樂教學」來看待，這實在是走火入魔的詩歌教學：唱一唱就算了事！事實上，詩歌教學就是一種語文的教學，但它跟作文教學的方式並不相同，它的主要責任與作文的「訓練兒童發表能力」也有別；作文的主要目的，是在練習文字的表達能力，也就是口能說的，進一步用筆描述出來。作詩，雖然與表達能力也有關係，但是主要目的卻不在練習文字的表達力，而是感情、感動、心情、情緒的吐露，亦即是心的呈現。

參、詩歌教學的困境

一、詩的意義

在此，我引用了詩經大序及陳世驤的說法來說明：詩本身是屬於一種情感的發洩；也就是剛才談的，詩教學與作文教學的最大差異處。

一般上，我們思考的理路應該是：事實↓推論↓評判。亦即是以事實爲根據，再加上推論，而後給它一個評判，這是一般正常的思考過程。一般寫作的過程也是如此推展開來的，而詩的思路也不例外。但是，我們寫詩時，極可能把推論出來的評判當作是事實；例如：「流年似水」這句成話，流年並不等於水，這句話根本就是文學語言，而非認知語文，一般的文學語言經常運用「似是而非」的技巧，把結論當作事實，尤其是詩歌，更經常利用這種技巧，使用「情緒語言」，帶給我們一種情緒上的感動；這種情感語言，正是詩歌的主要表達工具。

接著，我們來說明詩的意義：

1. 詩大序：詩者，心之所之也。在心爲志，發言爲詩。情動於中而形於言，言之不足故嗟嘆之，嗟嘆之不足故詠歌之，詠歌之不足，不知手之舞之足之蹈之也。

2. 陳世驤：詩（）和以足擊地做韻律的節拍，此一運動極有關係，可以印證於民俗學和人類學上所說的：詩、舞蹈、音樂在剛形成時，三者同出一源；它們共同擁有節奏。以後漸漸發展，詩歌離開節奏而漸往「意義」方面發展；音樂除了重視節奏外，還加上「旋律」的追求；舞蹈除了節奏外，也注重「姿態」。此後，三者才各自發展。

我們知道：詩本身是要給人一種情緒上的感動，和一般文章的娓娓敘述並不相同。

二、談詩歌教學本身的困境：

此困境的由來可能是下列二方面產生的：

1. 語言本身

文學本身是一種語言的藝術；不管是教古詩或兒童詩歌，不是把作品唸過就算了，以徐志摩再別康橋第一段爲例：

輕輕的我走了，
　正如我輕輕的來；
我輕輕的招手，
　作別西天的雲彩。

讀起這樣的一首詩，除了感受文辭的柔美外，還有什麼別的沒有呢？就語言的表達來看；「輕輕」代表的意義可能是「來去自如」、「輕鬆而了無牽掛」；就語意而言；一個語言除了表面意義，更重要的還有深層意義；爲什麼會「輕輕」來去，他的內心是否涵蘊多少悽苦之情？又爲什麼要「作別西天的雲彩」？想到「夕陽無限好，只是近黃昏」，可憐英雄末路吧？作者也如一朵飄泊的雲彩，東飄西蕩，形影孤單；只有對與他毫無利害關係的浮雲，才這樣離情依依。沒有朋友接風、送行，把感情寄託給沒有生命的「浮雲」，內心多少悽涼？

簡單地舉這個例子說明，語言是瞭解詩歌的重要利器，所以要談詩歌教學，必然要先由「語言」本身要求突破。

一般上，語言，就語意學的觀點來談，分爲：認知語言與非認知語言。我們每天生活裡所使用的正是認知語言佔絕大部份；而文學上使用的語言卻是以情緒語言爲主。認知語言的主要工具是「概念」，而文學語言是「意象」；雖然意象本身必有概念爲基礎，但二者差異很大；認知語言的概念比較重視的是：精準；而文學語言的目的卻是顯明，是屬於情緒上的歸屬。我們應該先認清，詩歌上使用的語言當然是非認知語言；對詩歌教學所採取的態度應該是：從詩歌語言本身去看它，不只是對文字的翻譯；否則將詩意蕩然，失去詩歌教學的意義！例如：李白的靜夜思。

床前明月光，
疑是地上霜。
舉頭望明月，
低頭思故鄉。

如果只從文字上鑽研，如此明顯的文字何須再多費唇舌？所以一定要透過「語言」的觀點去欣賞它。

那麼：語言本身是怎麼一回事呢？

文學上的語言，尤其是詩所使用的語言，用字必須要非常的「精」、「簡」，而且非常地「明潔」，所以它是語言中的語言，是情緒語言中的情緒語言！用辭、措辭個別性很強，但是，絕對會留有合理的推理軌跡，讓讀者能夠有所瞭解的憑藉；這些都是我們必須對語言有所了解的；如果對語言本身無法了解，讀起詩來將永遠僅止於翻譯以及解釋。

另外，談到詩歌爲什麼可以在兒童時期來教？這裡舉一個例子：傳燈錄—

> 老僧三十年前參禪時，見山是山，見水是水。
> 及至後來親見知識，有個入處，見山不是山，見水不是水。
> 而今得個體歇處，依然見山只是山，見水只是水。

用這個比例來說明：小孩子本來就具有詩的原型，有如禪宗未參禪時，見山是山，見水是水；此乃因爲小孩兒很直接，在小孩兒階段完全用「稚心」去感受世界，他的隻字片語可說就是詩的原型。小孩子認識萬事萬物是透過直覺，而不是透過概念，他們對所見所聞都感到新鮮，只要是讓他感動的，他就會將之發洩出來。他的一切完全是直接的、及物的，因此，我們認爲小孩子本身就具有「詩性」。

同時我們知道：孩童的語言完全是一種自然的發聲，並沒有經過刻意的修飾；並非一種思考的語言，所以小孩的文章或他講出來的話可能都很短，那些並不是散文，而是詩歌。如果明白這些觀點，在指導兒童詩歌及作文課時，我們就能了解，根本不要他寫成很多、很長一篇，只要用腦力激盪的方式去激發他捕捉每一種天生的靈感，必能慢慢培養他的表達能力。另外，小孩子本身語言的表達，比較是情緒的表現，這也是詩歌語言的最大特色。從這些觀點看來；小孩子的言語根本就等於詩的原型。

從另一個角度來看：皮亞傑的認知發展，認爲一個人的認知成長應該經過下列四階段：第一是感覺運動階段；第二是運算前階段；第三是具體運算階段；第四是形式運算階段。而一般上，國小十二歲左右的學童，依照皮亞傑的認知發展，其發展的階段僅在於具體運算階段；所以，他的文學語言能力也僅止於這個階段，還無法對抽象概念的使用運用自如；我們從這個觀點可以下一個結論：我們不是要小孩子成爲文學家，因爲兒童的作品僅具備了詩的原型，其他的抽象概念等因素還談不上的！所以我們會發現：小孩子寫的作品，可能有詩的味道，但，卻不容易具備詩的形式與境界。

歸納來說：詩對小孩子來講，不過是一種遊戲情趣的追求；就是提供一種遊戲的方式，讓小孩子透過遊戲的刺激自然地成長，絕不去苛求。希望他寫詩，就是要激發他的創造力與思考性；假設一個小孩子從小就培養了這種創造性，將來寫文章必然得心應手多了。寫詩不等於語言表達能力，但對他的語言表達能力必然有幫助。

以上談到的是「語言本身」的諸多問題。

2.形式、內容的瞭解：

教學困境的產生或緣於對詩的「形式、內容」的不瞭解：包括新詩、古詩；所以，我們必須對詩體本身先加以瞭解。這裡列了：中國古詩、新詩、兒童詩歌等三種詩體加以說明：

(1)中國古典詩歌的形式、格律：

詩歌的音樂性表現在節奏上，而節奏則表現在格律上；節奏是宇宙中自然現象的一個基本原則。

影響韻文學節奏的要素：

人工因素：句中平仄之運用，即句式的問題。

自然因素：雙聲、疊韻，甚至於運用內部的形式節奏。

例如：李白的靜夜思──在形式上就是典型的「兒童詩」；在內容上是一派思鄉憂懷，當然不適合兒童；所以，不屬兒童詩的內容。這首詩看來並不算成功！

又爲什麼我們會認爲古詩比較好？正因爲它有「形式」可供追求，這些都是人工因素，我們必須先行了解的。

至於自然因素，就很難定論了；但總括說來，中國古詩存有很濃的音樂性。舉王昌齡的「閨怨」爲例：

閨中少婦不知愁，
春日凝妝上翠樓；
忽見陌上楊柳色，
悔叫夫婿覓封侯。

它的修辭格用的是「反諷」的手筆；再來就是楊柳的文化涵義了；自古而來，中國歷代的「楊柳」就代表著離別。像這些都是屬於文學知識的範圍。又在用字方面：「不知」愁，用不知來掩飾「有知」；用「凝」字來引發後來的思夫情懷，絲絲扣人心弦。

詩歌格律的要求，乃緣於音樂性的需求，中國韻文都是起於音樂的。而這種音樂性的節奏，正由於中文的特質而來：

孤立：宜於講對偶

單音：宜於務聲律

中國文字是世界上最適合寫詩的文字了！

而且詩語言是圖象性的思考，它具有多向性、多義性、矛盾性、歧義性；不同於一般生活上所使用的概念性語言。

(2)新詩的特質：

一般上，新詩分爲三種：

分行詩：有自由詩與格律詩之分。前者自由分行；後者有形式上的限制，又有押韻。

分段詩：又稱散文詩。

圖象詩：不但在詩中有詩意，還要有圖象、視覺的效果。

這三種詩也都有自己的特質。

現在，從新詩的三項別稱看它的特質：

(A)白話詩：以白話爲主要表達工具。

(B)新　詩：別於舊詩，揚棄舊詩的格律限制。
(C)現代詩：描寫現代人的生活與感受。
新詩之所以難寫，正由於它沒有固定形式；一旦抓住形式運用的要點，就容易寫了。這不同於古詩的開始好寫，卻不易寫好、寫成功！

兒童詩歌：

它應該是由新詩或兒童歌謠演變來的。
林良認爲兒童文學的特質是：
(A)運用「兒童語言世界」裡的「語詞團」，來從事文學創造。
(B)流露「兒童意識世界」裡的文學趣味。
兒童詩歌也是如此。其作品的特色：
詩情：動人的情意、意趣。具有啓發性、愛心。
畫意：美麗的想像。

肆、詩歌與朗誦

在這裡提供一個詩歌教學的新方向—朗誦教學。今天一般小學教詩歌，大部份採取「唱」的方式，已漸漸進入困境之中。

朗誦教學，可以幫助兒童的瞭解；而且中國字適合朗誦，許多人作過研究，朗誦的詩歌教學具有很大的可行性。我們對朗誦本身應有如下的瞭解：

1. 朗誦不是歌唱。

2. 朗誦是一種口頭傳播。

3. 其特質在於聲律，而聲律在於節奏，節奏就詩文而言是音節。要朗誦就必須抓住它的「音節」。

朗誦是一種完整的語言行爲，是語文教育的一環，也是教學的一種過程。目的在培養學生的了解和寫作能力，是口、耳、眼、腦的並用。以前所謂的吟唱，是將文章音樂化，音樂化正可以將意義埋藏起來，不在語文教學的範圍之內。

接著，我們講朗誦的腔調：

按照音節的觀念來分，一般上分爲二種：

吟哦式（韻律誦法）：有吟、誦之分。

語讀式（台詞誦法）：有讀、說之分。

1. 吟哦式誦法，就是所謂音樂性誦法或形式性誦法，適於韻文使用，所以，我們必須先瞭解韻文的基本形式。中國古文的基本音節都是二字一讀（或一字一讀）。

——||——||——||——||——||——||

只要抓住「音節」的觀念，就可以加以朗讀。

另外，吟哦式又分吟與誦。「吟」者，與「唱」很接近，唱就必須有譜——固定的譜；但吟卻沒有固定的譜，各次吟法皆有不同；與唱相近，緣於皆具旋律變化。至於「誦」則無旋律變化；只加强某些平聲字，拉慢字的速度而已！

2. 語讀式誦法，是按照「意義」單位來句讀，跟上述的二字一讀的基本形式大有不同。此又分爲讀腔、說腔；讀腔不同於誦腔的故意「拉慢字讀」；如恭讀 國父遺囑即是用的讀腔。說腔就按照平常說話的腔調陳述出來；說腔較零碎，且必須藉助肢體語言。

以上是提供詩歌教學的另一途徑供大家參考。至於如何有效的運用「吟哦式」或「語讀式」，則因人而異。

伍、結論

民國六十五年十月，板橋國小教師基本能力研習會的研究報告指出：未達評估標準的國小教師能力項目中，有關語文的佔三項—而其中①③兩項就有關詩歌。

①能背誦並欣賞我國詩詞三十首以上。

②讀畢並欣賞著名的章回小說五種以上。

③能將一首詩詞，或短劇改寫或散文。

最近一直提倡詩歌教學，個人提供的上述意見，僅不過是一些基本概念，如果各位願意去做，應當不會有太大的問題的。

附錄四：國小詩歌教學書目

在台灣，指導兒童寫詩，要以黃基博老師為最早，時間是在民國五十九年左右。而後，由於「童謠傑作選集」的發現，證明早在民國十九年以前就有兒童寫詩（該書一九三〇年出版）。

成人專為兒童寫詩歌，則始於民國三十九年，由楊喚自己默默的寫作開始。至於兒童詩歌蔚為風尚，當是民國六十年以後的事。

至七十學年度，台灣省教育廳指示各縣市國民教育輔導團加強中小學詩歌朗誦教學，以涵養德性，變化氣質，於是詩歌教育始步入普遍的推廣。

所謂兒童詩歌教學，是包括古體詩、兒童詩歌，其間當然也少不了新詩。檢視詩歌教學，雖然呈現一片蓬勃的氣象，但令人引以為憂的地方也頗多，其間的癥結，或許是緣於對詩歌本身缺乏正確的認識，於是古體詩僅流於背誦和唱，而對於兒童詩歌，仍有多數人懷著存疑與觀望。是以所謂詩歌教學僅是一片叫好的聲浪而已。

詩歌教學者，如果能對詩歌本身有所了解，如本質、特質、形式、格律與語言等，則教學自能有事半功倍之效。同時也必須對兒童發展的走向有深刻的了解（此部分於本文不論），否則教授到某一階段以後，會有不知所措與無力感出現。更重要的是我們要了解，詩歌教學當以語言本身爲主體。

據上述理由，試列國小詩歌教學書目。書目分舊體詩、新詩、兒童詩歌及朗誦四大類，每大類又分論述與選集兩目。論述部分以文學知識和理論爲主。選集是爲入門者而設想，選集讀得夠了，便可讀別集。其間古體詩選集初學者宜選精細讀，而選本必擇其最佳者，如唐宋詩，高步瀛注的「唐宋詩舉要」仍是選擇最精、注釋最詳的一本。至於「唐詩三百首」，本不足以爲學詩根柢，但因頗爲流行，且故鄉版「唐詩新葉」，頗具當代詮釋的特色，可做爲導讀的參考。而詞、曲所列不多，蓋本書目以詩歌爲主。有心者可循序漸進，但論述部分仍列有詞曲文學知識的參考書。至於專爲兒童閱讀的古體詩選集，僅列二種。嚴友梅「兒童讀唐詩」，首開兒童選讀唐詩之風，至今十餘年如一日。而張水金的「少年詩詞欣賞」則取其涵蓋面廣，且通俗流行。目前市面上爲兒童出版的古體詩選集，何止二十種，但有編選觀點者不多，教學者宜注意選用。又曾見胡懷琛「新詩研究」一書裡，曾列有寫新詩者應讀的書，其中有今人所選古人詩部分，要皆以白話爲主，試列如左：

白話唐詩七絕百首　蒲薛鳳選

歷代女子白話詩選　應文婵選
白話宋詩七絕百首　凌善清選
白話宋詩五絕百首　凌善清選
白話唐宋古體詩百首　凌善清選
唐人白話詩選　胡懷琛選
歷代白話詩選　胡懷琛選
（見信誼書局印行「詩學研究」）

如果單就語言的角度而言，以上白話詩選頗有參考的價值。

新詩部分，可先看羅青的「從徐志摩到余光中」，至於選集，如爾雅版「七十一年度詩選」，因屬年度選，不列入書目，教學者亦可參考。

兒童詩歌部分，就論述而言，首推林鍾隆。今人有關歌謠論述列入兒童詩歌類，蓋取其近鄰關係。至於選集，要皆以有附解說者爲主。其中「小朋友欣賞童詩」，是小朋友寫出他們的讀詩心得與感想。

至於朗誦，是指教學方法之應用。據語文心理學的研究，中國及日本的小孩在初學文字時，比較難達到形→音轉換的自動化，因此需要借助朗讀來增強學習，而遺憾的是我們對朗誦並沒有多少研究。且目前皆流行所謂的唱。一般說來，台灣舊詩朗誦的被重視，當是始於邱燮友教授的編採，至目前爲止，仍以他的成果最有價值。

以下所列國小詩歌教學書目，教學者如果能循此細讀，自能登堂入室，以爲教學指引要津，同時兼備鑑賞之功。

試列所開書目如左：

壹、舊詩

一、論述

中國文學發展史　劉大杰著　華正書局

中國文學與文學家　張健著　時報出版公司

中國文學的發展概述　王夢鷗等著　中央文物供應社

中國文學概論　洪順隆譯　成文出版社

中國詩學（分設計篇、思想篇、考據篇、鑑賞篇四冊）　黃永武著　巨流圖書公司

中國詩學　劉若愚　杜國清譯　幼獅出版公司

古典詩的形式結構　張夢機著　尙友出版社
詩學（上下）　張正體著　商務人人文庫
詞學今論　陳弘治著　文津出版社
曲學例釋　汪經昌著　中華書局
中國詩律研究　王力著　文津出版社

二、選集

全漢三國晉南北朝詩　丁福保編輯　藝文印書館
樂府詩集　郭茂倩編　里仁書局
古詩源箋注　沈德潛輯　王純父箋註　華正書局
民間歌謠集　朱雨尊編　世界書局
古謠諺（上下）　杜文瀾編　世界書局
唐宋詩舉要　高步瀛編注　學海出版社
唐詩新葉（唐詩三百首）　故鄉出版社
新譯宋詞三百首　汪中註譯　三民書局
元曲三百首箋　羅忼烈著　文光出版社

唐宋詞名作析評　陳弘治著　文津出版社
兒童讀唐詩（一－五）　嚴友梅著　大作出版社
少年詩詞欣賞　張水金著　國語日報社

貳、新詩

一、論述

現代中國詩史　王志健著　商務印書館
五十年來的中國詩歌　葛賢寧、上官予編　正中書局
六十年來新詩之發展（六十年來之國學之五）　邱燮友著　正中書局
中國新詩風格發展論　高準著　華岡出版社
現代詩導讀　張漢良、蕭蕭著　故鄉出版社
從徐志摩到余光中　羅青著　爾雅出版社
現代詩入門　蕭蕭著　故鄉出版社
新詩賞析　楊昌年著　文史哲出版社

二、選集

六十年詩歌選　正中書局
青青草原　落蒂編著　青草地出版社
中學生白話詩選　蕭蕭、楊子澗編著
新詩評析一百首　文曉村著　布穀出版社（後又由黎明文化出版公司出版）
小詩三百首（二冊）　羅青編　爾雅出版社
中國新詩選　林明德等　長安出版社
中國新詩賞析（三冊）　林明德等五人　長安出版社
剪成碧玉葉層層（現代女詩人選集）　張默編　爾雅出版社
感月吟風多少事（現代百家詩選）　張默編　爾雅出版社

參、兒童詩歌

一、論述

怎樣指導兒童寫詩　黃基博著　太陽城出版社
兒童詩研究　林鍾隆著　益智書局

兒童詩觀察　林鍾隆著　益智書局
兒童詩欣賞與創作　洪中周著　益智書局
兒童詩論　徐守濤著　東益出版社
兒童詩的理論與發展　許義宗著　自印
兒童詩指導　林鍾隆著　快樂兒童週刊社
詩歌教學研究　台北市教育局印
童詩教室　傅林統著　作文出版社
我也寫一首詩　陳傳銘著　高雄市十全國小
中國歌謠　朱自清著　世界書局
中國歌謠論　朱介凡著　中華書局
中國兒歌　朱介凡著　純文學出版社
童謠探討與賞析　馮輝岳　國家出版社
童謠童詩的欣賞與吟誦　許漢卿著　台灣省教育廳編印
童詩開門（三冊）　陳木城等編著　錦標出版社
兒童詩歌研究　林文寶著　東師學報第九期　頁二六五—三九七
台灣兒童詩的回顧　三十九—七十一年　林煥彰著　七十一年五月中外文學十卷十

二期，頁五八－八二

二、選集

兒童詩（1、2）（洪建全兒童文學獎作品集）　洪建全教育文化基金會印行
兒童詩選讀　林煥彰編　爾雅出版社
北海道兒童詩選　林鍾隆編譯　巨人出版社
小學生詩集　陳千武編選　學人文化事業公司
我愛兒童詩　蔡清波編著　愛智圖書公司
童詩欣賞　陳傳銘編著　高雄十全國小
季節的詩　林煥彰編選　布穀鳥出版社
母鴨帶小鴨　洪中周指導　布穀鳥出版社
小朋友欣賞童詩　陳佳珍編著　中友文化出版公司
兒童詩欣賞　陳進孟編著　野牛出版社
種子加油（海山國小兒童詩選集）　布穀出版社

肆、朗誦

一、論述

朗誦研究論文集　簡鐵浩編　香港嵩華出版事業公司

文學與音律　謝雲飛著　東大圖書公司

詩文聲律論稿　啓功著　明文書局

朗誦與國文教學之研究　羅首庶編著　環球書局

語文通論（正續論合訂本）　郭紹虞著

中國詩律之研究　王力著　文津出版社

詩論　朱光潛　正中書局

葡萄園詩刊（朗誦詩專號）六四期　六十七年九月

二、有聲教材

唐詩朗誦

詩葉新聲

唐宋吟唱

散文美讀　以上四種皆錄音帶兩卷，邱燮友編採　東大圖書公司出版

中國詩歌朗讀示例（錄音帶一卷）　張博宇編寫　板橋研習會

小朋友讀童詩（錄音帶一卷）　華一書局

中國詩詞吟唱（唐詩部分）（錄音帶八卷）　許漢卿指導　華一音樂視聽中心

中國詩樂之旅（錄音帶十卷）　幼福文化事業公司

唐宋詞古唱　錄音帶二卷　李勉　成功大學中文系

國家圖書館出版品預行編目(CIP)資料

林文寶兒童文學著作集. 第三輯, 著作編 / 林文寶作.
-- 初版. -- 臺北市 : 萬卷樓圖書股份有限公司,
2023.09
冊 ; 公分. --(林文寶兒童文學著作集 ;
1605003)
ISBN 978-986-478-968-9(第 3 冊 : 精裝). --
ISBN 978-986-478-977-1(全套 : 精裝)

1.CST: 兒童文學 2.CST: 文學理論 3.CST: 文學評論
4.CST: 臺灣

863.591 112015478

林文寶兒童文學著作集 第三輯 著作編 第三冊

兒童詩歌研究

作 者 林文寶
主 編 張晏瑞

出 版 萬卷樓圖書股份有限公司
發行人 林慶彰
總經理 梁錦興
總編輯 張晏瑞
聯 絡 電話 02-23216565 傳真 02-23944113
網址 www.wanjuan.com.tw
郵箱 service@wanjuan.com.tw
地 址 106 臺北市羅斯福路二段 41 號 6 樓之三
印 刷 百通科技股份有限公司
初 版 2023 年 9 月
定 價 新臺幣 18000 元 全套十一冊精裝 不分售
ISBN 978-986-478-977-1(全套 : 精裝)
ISBN 978-986-478-968-9(第 3 冊 : 精裝)

版權所有・翻印必究 新聞局出版事業登記證號局版臺業字第 5655 號